講談社文庫

# 森には森の風が吹く

My wind blows in my forest

森 博嗣



講談社

Contents

## 第4章　森好み
### 趣味に関するエッセイ

## 第5章 森思考

### 考え方、スタンスに関するエッセイ 223

# まえがき

本書は、二〇〇三年から十五年間に、森博嗣が書いた文章を集めたものである。多くは、雑誌などに寄稿した短文であり、依頼されて書いた他書の解説もある。また今回、この間に発行された小説の「あとがき」を書き下ろした。

過去に、『森博嗣のミステリィ工作室』（一九九九年）と『100人の森博嗣』（二〇〇三年）。いずれも現在は講談社文庫）で同じことをしているので、シリーズ三作めとなるが、内容がつながっているわけではないので、前巻が未読でも問題はない。

ただし、森博嗣を知らない人には、おそらくまったく読む価値がない本である。本書を読んで、森博嗣作品を読むための参考にしよう、と思われた場合は、当てが外れることになる。具体的にどんな作品であるとは書かれていないからだ。そういったデータは、今はネット上にいくらでも見つけることができるだろう（たとえば、森博嗣のウェブサイト、講談社の森博嗣ページなど）。

つまり、既に森博嗣の作品のうち小説を幾つか読んだ方に向けて企画されたものだ。森博嗣は、小説以外にもエッセィ、新書、写真集、絵本、趣味の本などを出しているが、本書であとがきを書いているのは、小説作品に限られる。それは、森博嗣が小説にはあとがきを書かない習慣だからであり（小説以外では、あとがきを書いている場合が多い）、いわばアフタ・サービスのようなものとお考えいただければ、と思う。

あとがき以外の文章は、さまざまな媒体からの依頼に応《こた》えて執筆したもので、これらはもちろん小説ではない。小説ファンには向かない文章かもしれない。しかも、何について書かれたものか、対象を知らない方にはわかりにくいだろう。単に、森博嗣がどんな文章を書いたか、が確かめられるという意味しかない。

文章を依頼された場合には、それがどのような人たちに読まれるのかを意識して書くのが普通である。たとえば、歯医者さんが読む雑誌であれば、そちら方面で興味が引けるような内容を書く。おそらく多くは森博嗣など知らない人たちだろうから、ほんの僅《わず》かでも面白いと思ってもらい、名前を記憶に留めてもらえれば、のちに読者を増やす結果につながるかもしれない。そういった希望を持って書く。当たり前のことだが、ボランティアで書いた文章は一つもない。常にビジネスを意識して書いている。

僕は、ボブ・ディランが好きだ。よく聴いているし、ライブにも行ったこともある。ノーベル賞を取ったので、一時有名になったけれど、一般に広く受け入れられるようなアーティストではない。しかし、その先鋭的な芸術性は、受賞以前からずっと独自であり、かつ長く揺らいでいない。だから、本書のタイトルを『森博嗣に吹かれて』にしようと思ったのだが、あまりにも生々しいかな、と思い直し、一歩引いて、『森には森の風が吹く』に落ち着いた。今後も、その程度には謙虚でありたいと思っている。

二〇一八年三月　糠雨《ぬかあめ》の朝　　森　博嗣

第1章

# 森語り

自作小説のあとがき

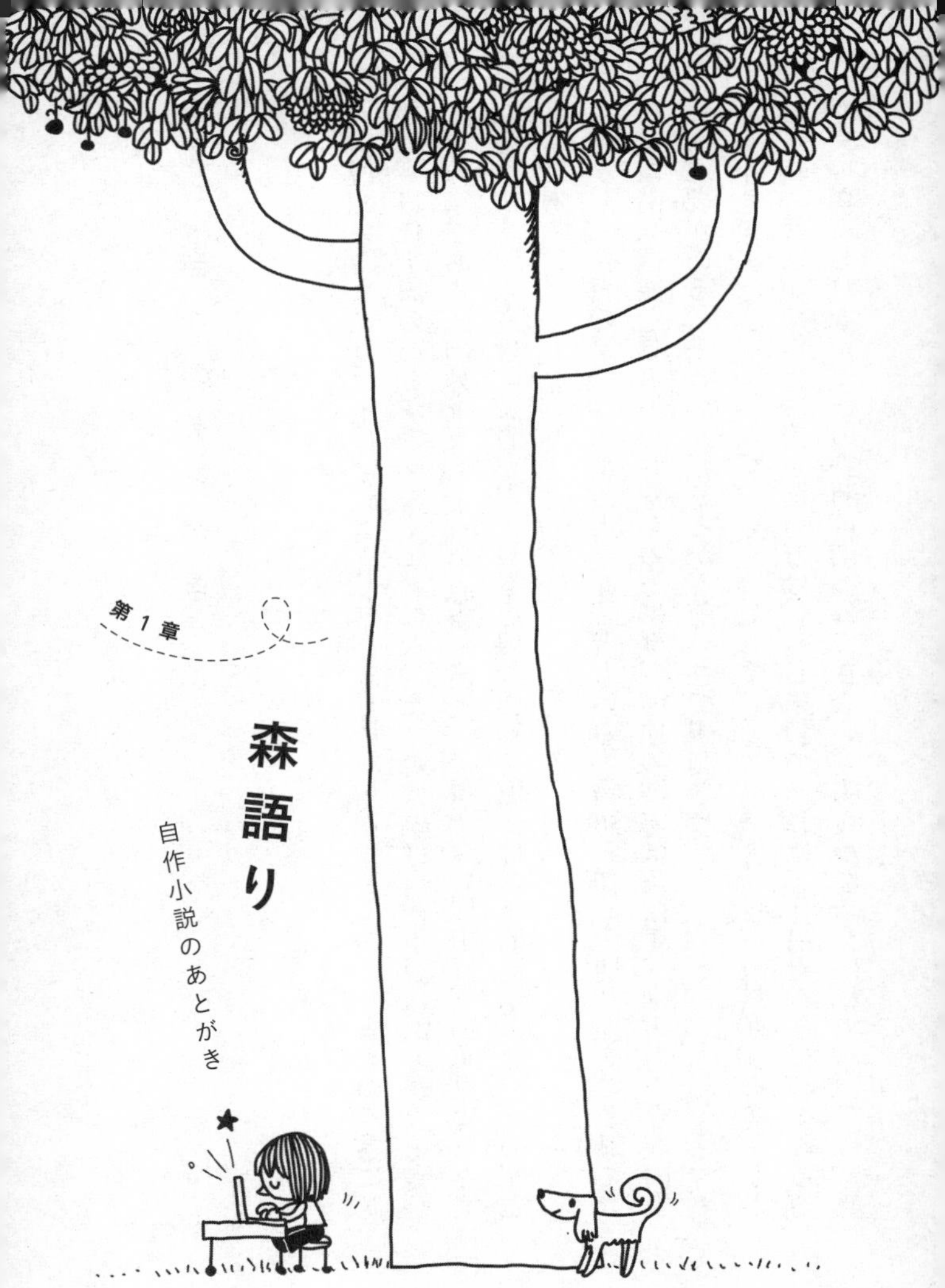

# 自作のあとがき

『森博嗣のミステリィ工作室』『100人の森博嗣』の続巻であり、まえの二巻に倣《なら》って、自作小説のあとがきを書くことになった。森博嗣は自作小説にあとがきを書かない作家である（例外は『トーマの心臓』のみ）。書かない理由は、物語世界に作家が顔を出す厚顔さは、読者が得た最も重要な作物を傷つける可能性がある、との配慮からである。

しかし、作者のファンになるような読者もいる。物語と作家を切り換えて認識できる一段階高機能な認識力をお持ちの方には、前述の被害は及ばず、本書のような内容にも需要がある。そういったことが、前二巻で観測された。

以下を読んでいただいても、ネタばれになるような記述はないはずである。しかし、真《ま》っ新《さら》な頭で作品に接したい方は、もし未読であれば、作品をさきに読まれる方が良いかもしれない。その判断は僕にはできない。明らかなネタばれであっても、最近では「抵抗がない」という読者が増えているようだ。

シリーズものについては、シリーズ全般について書き、単独作品については、個々に短く述べる。また、これまでは、完結していないシリーズについては言及を避けていたが、現在、完結していないシリーズ（GシリーズとWシリーズ）も、残り僅かであることから、同じように書くことにした（この文章を書いた時点では、Gシリーズの最終巻一作だけが未着手だが、既に構想はほぼ固まっている）。

森博嗣を知っている人なら問題ないと思われるものの、飾らず、煽《あお》らず、素直に、身も蓋《ふた》もないことを書いている。また、最近では珍しくなった「である」調だから、偉そうな印象に受け取られる可能性が高いが、そのときは、「偉そうに……」と頭に来ていただくのが正しいし、こちらとしても幸いである。

# 水柿《みずかき》君シリーズ

**工学部・水柿助教授の日常**
2001年1月 幻冬舎
2003年2月 幻冬舎ノベルス
2004年12月 幻冬舎文庫

**工学部・水柿助教授の逡巡**
2004年12月 幻冬舎
2006年1月 幻冬舎ノベルス
2007年10月 幻冬舎文庫

**工学部・水柿助教授の解脱**
2008年4月 幻冬舎
2009年12月 幻冬舎ノベルス
2011年10月 幻冬舎文庫

〈水柿君シリーズ〉は、これまでに僕が書いた小説の中で、最も執筆が大変だった作品群である。しかも、労力に反して、さほど売れていない。つまり、コストパフォーマンスの悪い部類の仕事といえるだろう。

ただ、熱狂的なファンがいることは確かで、森博嗣のシリーズの中でこれがダントツだ、と言っている人たちが一部にいる。どことなくカルト集団に近い雰囲気が漂っているが、あくまでも印象だ。勝手な想像をしてはいけない。また、外国の方で、英語教師として日本に来ていた人が、このシリーズを英訳させてほしい、と連絡してきた。「ほかにないユーモアだ」ともおっしゃっていた。残念ながら、これは実現していない。出版不況の中、そういったものを作るスポンサが見つからなかったのだろう。

映像化の話もあった。TVドラマだ。水柿君を女性にしても良いか、ときかれたので、断ってしまった。当時の森博嗣は狭量だったのだ。雀の涙ほどの反省はしている。

このシリーズのほとんどは、雑誌「PONTOON」と「星星峡」に掲載された短編で、それをまとめて単行本に収録し、三冊の本になった。最初の頃の作品は、けっこうミステリィ色を出した展開だったが、そのうちにミステリィなどどうでも良くなって、自由気ままな内容となる。これは、森博嗣という作家の創作対象のシフトと一致していて、まるで将来のことを予見したような展開ともいえるが、自分で書いたのだから、当然といえば当然である。

あと十年ほどしてから出せば、もう少し売れたかもしれない。これを出した当時は、森博嗣には本格ミステリィしか期待していない勢力が、僕を包囲していたので、そういった閉塞感から生まれたのが、本シリーズだといえなくもないが、自分で言っているのだから言えるはずである。

最初の『～日常』では、水柿君は大学に勤めているから、大学の話題が豊富である。これも、読者がそういう内容を望んでいるのが丸わかりだったので書いた。次の『～逡巡《しゅんじゅん》』では、水柿君が作家になるが、これもぎりぎり読者の関心の範囲内だったかもしれない。だが、最後の『〜解脱《げだつ》』に至っては、まるで〈四季シリーズ〉の『冬』のような「発散」を見せる。さすがに現実主義の読者は突き放されたことだろう。作者は、「突破」を狙《ねら》っているので、当然といえば当然なのだが、なるようになったとは、このことである。なるようにならなかったのは、むしろこのシリーズの始まりにあった「日常性」だった。そういうことを読み取るために三部作になっている、というのが歴史学的な見方である。

ちなみに、ノベルス版ではカバーを山下和美《やましたかずみ》氏に描いていただいた。助教授だから、天才柳沢《やなぎさわ》教授つながりで、というわけである。

蛇足であるが、既に完結したシリーズで、もし続けるとしたら、このシリーズだろうな、と作者は考えていて、どこまで読者の期待を裏切るのか、根性の悪いひねくれ者だ、との呼び声高い、などとオビの文句まで既にイメージできてしまう。ま、書きませんけれどね。

# 水柿君シリーズ

『工学部・水柿助教授の日常』

幻冬舎
(2001年1月)

幻冬舎ノベルス
(2003年2月)

幻冬舎文庫
(2004年12月)

『工学部・水柿助教授の逡巡』

幻冬舎
(2004年12月)

幻冬舎ノベルス
(2006年1月)

幻冬舎文庫
(2007年10月)

『工学部・水柿助教授の解脱』

幻冬舎
(2008年4月)

幻冬舎ノベルス
(2009年12月)

幻冬舎文庫
(2011年10月)

# 百年シリーズ

**女王の百年密室**
２０００年７月　幻冬舎
２００１年12月　幻冬舎ノベルス
２００３年６月　幻冬舎文庫
２００４年２月　新潮文庫
２０１７年１月　講談社文庫

**迷宮百年の睡魔**
２００３年６月　新潮社
２００４年３月　幻冬舎ノベルス
２００５年６月　新潮文庫
２０１７年２月　講談社文庫

**赤目姫の潮解**
２０１３年７月　講談社
２０１６年７月　講談社文庫

『女王の百年密室』は幻冬舎の依頼で執筆した作品で、比較的初期の森博嗣が、ミステリィの枠組みから飛び出そうと藻掻《もが》いていることが如実《にょじつ》にわかる。その意味では、「若い」作品だといえる。それでも、依然ミステリィに半身が囚《とら》われていることが明白だ。

続編となる『迷宮百年の睡魔』は、執筆したときに、非常に自身で手応えが感じられた作品で、正直に言うと、「なんだ、面白いものが書けるじゃないか」と思った記憶が鮮明だ。この作品は、ちょっとしたトラブルがあって、新潮社から出版された。

出版社が分かれたことで、次をどちらから出すのか難しい立場になってしまった。そこで、第三作は、いずれの出版社でもなく、講談社の雑誌にまず連載した。これが『赤目姫の潮解』である。自分としては、その時点でできるかぎりの力を費やした作品であり、これを書き上げたのちは、「もうこれくらいで充分だろう」と溜息をついた。三冊が、違う出版社から出たが、装丁は完璧に統一されていて、とても素晴らしい。カバーに使われた写真は、僕が指定したものだ。作品を書くまえから決めていた写真だ。現在は、まえの二冊が講談社文庫からも出ているため、ようやく三冊の出版社が揃った。最初の『女王』は、文庫が三社から出ている特異な一作となった。

ちなみに、三作ともスズキユカ氏によって漫画化されている。シリーズがすべて映像化されているものは、森博嗣の作品ではほかに例がない。

僕はファンタジィ小説を読んだことがないのだが、大勢の人が、この作品を「ファンタジィだ」と言っている。そうだろうか？　おそらく、そう感じるのは、主人公の見方というか思考が、物語世界をそのように見せているだけで、舞台も小道具も設定も、科学的に充分に実現可能なもので、単なる未来小説だろう、と作者は認識している。その証拠に、この〈百年シリーズ〉よりもさらに未来を舞台とした〈Wシリーズ〉は、ファンタジィとは呼ばれていない。「現実的で、今にも来そうな未来だ」と読者には映るようだ。それは、〈Wシリーズ〉の視点人物が、科学者であるからにすぎない。

つまり、視点によってミステリィにもファンタジィにもSFにもなる、ということである。すべてが、人間の頭脳が創り出した幻想の内だともいえる。また同時に、作家というのは、物語を創造することに長《た》けているのではなく、その物語を体験させる人物（媒体）の創出に長けているだけ、ということもいえるだろう。読者は自身でしかそれを体験できないが、作家は主人公という媒体を作って、それを他者に体験させることができる。

## 百年シリーズ

### 『女王の百年密室』

幻冬舎
（2000年7月）

新潮文庫
（2004年2月）

幻冬舎ノベルス
（2001年12月）

講談社文庫
（2017年1月）

幻冬舎文庫
（2003年6月）

『迷宮百年の睡魔』

新潮社
(2003年6月)

幻冬舎ノベルス
(2004年3月)

新潮文庫
(2005年6月)

講談社文庫
(2017年2月)

『赤目姫の潮解』

講談社
(2013年7月)

講談社文庫
(2016年7月)

# 四季シリーズ

**四季　春**
2003年9月　講談社ノベルス
2006年11月　講談社文庫

**四季　夏**
2003年11月　講談社ノベルス
2006年11月　講談社文庫

**四季　秋**
2004年1月　講談社ノベルス
2006年12月　講談社文庫

**四季　冬**
2004年3月　講談社ノベルス
2006年12月　講談社文庫

**四季（愛蔵版）**
2004年2月　講談社

**四季（愛蔵版BOX）**
2006年11月　講談社文庫（受注生産）

〈S&Mシリーズ〉も〈Vシリーズ〉も、それぞれ十作で完結となった。シリーズがたちまち完結すること自体が、小説界隈《かいわい》では珍しかったらしい。僕はまったく知らなかった。シリーズを始めたら、当然終結させることが作家の使命だろう、と単純に認識していた。

〈Vシリーズ〉が終わったあと、編集者は新しいミステリィ・シリーズを書いてほしいと言ってきた。僕としては、ミステリィというジャンルがもう古いと感じていたので、「またミステリィ？」と疑問に思った。そこで、「実は書きたいものがある」と申し出て、この〈四季シリーズ〉を書くことになった。自分から「書きたい」に近いことを言ったのは、後にも先にも、このときだけではないか、と思う。

〈四季シリーズ〉と呼ばれているけれど、実はこれは一作の小説である。春夏秋冬の四章に分けて書くつもりだったが、それが一冊ずつ刊行されたため、結果としてシリーズになった。すべてを一冊にまとめたハードカバーの『四季』も発行になり、森博嗣が講談社から出した唯一のハードカバーとなった。ノベルス版と文庫版は、四作に分かれている。また文庫の特別版で箱入りのものも発売された。オークションで入手が可能だろう。

『四季』は、〈S&M〉と〈V〉に跨《また》がる物語になっている。〈Vシリーズ〉を最後まで読んでも、リンクに気づかない読者がいて、そういう方には、この〈四季シリーズ〉で関連がわかるよう、バックアップになっている。

また最近では、〈四季シリーズ〉から森博嗣を読む方が増えていて、おそらくアニメの影響だと思われる。さらには、〈百年シリーズ〉ともリンクをしているが、発行の時点では多くの読者が気づいていない。出版社が違うし、〈百年シリーズ〉は、あまり多く読まれていなかったためだ。この「読者がどの順に作品を読むのか問題」については、作者はあらかじめ検討済みであるから、読まれる方は、気にすることはない、というのが僕の考えである。

僕の創作の方法は、頭にある映像を文章に落とし込むという作業である。原形は、シンプルかつクリアなものだが、文章に落とすことで解像度が落ち、わけがわからないものになることがある。だからミステリィになる、といっても良い。しかし、そうしないと他者と共有ができない、つまり伝達できないので、しかたなくその方法によっている。

　ときどき、あまり「落とし込まず」に、すなわちぐんと下まで落ちる少し手前で掬《すく》ってやると、本シリーズの『冬』のようなものになり、熟成手前の生々しさが出る。同様のものに、〈百年シリーズ〉の『赤目姫の潮解』や〈スカイ・クロラシリーズ〉がある。

# 四季シリーズ

## 『四季　春』

講談社ノベルス
(2003年9月)

講談社文庫
(2006年11月)

『四季　夏』

講談社ノベルス
（2003年11月）

講談社文庫
（2006年11月）

『四季　秋』

講談社ノベルス
（2004年1月）

講談社文庫
（2006年12月）

『四季　冬』

講談社ノベルス
（2004年3月）

講談社文庫
（2006年12月）

『四季（愛蔵版）』

講談社ノベルス
（2004年2月）

『四季（愛蔵版BOX）』

講談社ノベルス
（2006年11月）

## スカイ・クロラシリーズ

**ナ・バ・テア**
２００４年６月　中央公論新社
２００４年10月　Ｃ★ＮＯＶＥＬＳ
２００５年11月　中公文庫

**ダウン・ツ・ヘヴン**
２００５年６月　中央公論新社
２００５年12月　Ｃ★ＮＯＶＥＬＳ
２００６年11月　中公文庫

**フラッタ・リンツ・ライフ**
２００６年６月　中央公論新社
２００７年５月　Ｃ★ＮＯＶＥＬＳ
２００７年11月　中公文庫

**クレィドゥ・ザ・スカイ**
２００７年６月　中央公論新社
２００７年10月　Ｃ★ＮＯＶＥＬＳ
２００８年４月　中公文庫

**スカイ・クロラ**
２００１年６月　中央公論新社
２００２年10月　Ｃ★ＮＯＶＥＬＳ
２００４年10月　中公文庫

**スカイ・イクリプス**
２００８年６月　中央公論新社
２００８年11月　Ｃ★ＮＯＶＥＬＳ
２００９年２月　中公文庫

「飛行機ものを書いてほしい」と依頼されて書いたシリーズである。売れないだろうとわかっていたので、その無欲の割切りが、偶然にも幸いした。あまりに無欲だったから、そのまま埋没しかけたところ、たまたま映画になったため、多少脚光を浴びることになった。今でも、このシリーズが一番好きだという読者は大勢いらっしゃる。作者としては、籤《くじ》に当たったような感じがしている。

一般に、ミステリィ小説は、計算で書くものだ。これは一種の単純労働であって、時間をかければ（早い遅いの差はあれ）誰にでも書き上げることができる。こういうものを「可能態」と僕は呼んでいる。たしかに、苦労や誠実さに頭は下がる。しかし、「やろうと思えば誰でもできること」であるから、驚きや憧《あこが》れは生まれない。

これに対して、いくら時間をかけてもできないものがある。なんらかの偶然とか、才能が生み出す発想が、これに当たる。たまたま拾ったものが宝物だった、という場合だ。

本シリーズは、そんな要素が、他のシリーズよりは少し多めにブレンドされている、と思う。全部がそうなのではもちろんない。そういった「小さな発想」が鏤《ちりば》められた構造になっている。その細かい輝きに目を留める人には価値があるが、そうではなく単なるストーリィを読み取ろうとすると、「死なない子供」がどうだとか、「見世物としての戦争」がどうだとか、そういった話になってしまうだろう。それも悪くはない。

ようするに、具体的な部分に囚われていては、この作品を手に持つことはできない。摑《つか》もうとすると、指の間から煙か砂のように発散し、零《こぼ》れてしまう。そうではなく、泡を扱うように両手でふんわりと覆わなければ、持つことができない。軽く形はなく、気体のような存在もありうる、と理解できると思うし、そう期待している。

最初から五作と決めていたのだが、二作めが出たところで映画化が決まり、その後は、映画公開にタイミングを合わせて、短編集が加わり、シリーズ六作となった。最後の短編集『スカイ・イクリプス』は、自分としては、「こういう小説が書きたかった」というスタイルのものだが、需要がないことは理解していて、このときだけ特別な環境だったから、書けたのだ。

三作めの執筆中くらいのとき、編集者とは、既に次のシリーズの話をしていて、僕自身の頭の中でも、〈スカイ・クロラシリーズ〉は完全に終わっていた。ようやく、映画が公開となり、このシリーズを無事に終わらせることができた。そして、〈ヴォイド・シェイパシリーズ〉を書けることになったのである。

## スカイ・クロラシリーズ

『ナ・バ・テア』

中央公論新社
(2004年6月)

C★NOVELS
(2004年10月)

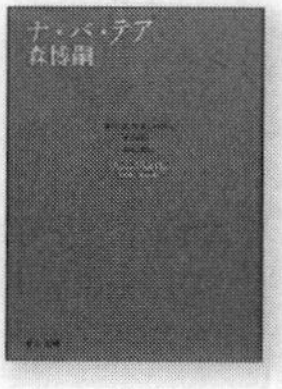


中公文庫
(2005年11月)

『ダウン・ツ・ヘヴン』

中央公論新社
（2005年6月）

C★NOVELS
（2005年12月）

中公文庫
（2006年11月）

『フラッタ・リンツ・ライフ』

中央公論新社
（2006年6月）

C★NOVELS
（2007年5月）

中公文庫
（2007年11月）

『クレィドゥ・ザ・スカイ』

中央公論新社
（2007年6月）

C★NOVELS
（2007年10月）

中公文庫
（2008年4月）

『スカイ・クロラ』

中央公論新社
(2001年6月)

C★NOVELS
(2002年10月)

中公文庫
(2004年10月)

『スカイ・イクリプス』

中央公論新社
(2008年6月)

C★NOVELS
(2008年11月)

中公文庫
(2009年2月)

## ヴォイド・シェイパシリーズ

**ヴォイド・シェイパ**
２０１１年４月　中央公論新社
２０１３年４月　中公文庫

**ブラッド・スクーパ**
２０１２年４月　中央公論新社
２０１４年４月　中公文庫

**スカル・ブレーカ**
２０１３年４月　中央公論新社
２０１５年３月　中公文庫

**フォグ・ハイダ**
２０１４年４月　中央公論新社
２０１６年３月　中公文庫

**マインド・クァンチャ**
２０１５年４月　中央公論新社
２０１７年３月　中公文庫

かなり早い時期から、「次は剣豪小説です」と編集者や一部の人たちと話をしていた。当時はまだ時代劇はまったく人気がなく、誰もが避けていた斜陽ジャンルだった。反応は、顔をしかめて「え、時代劇ですかぁ〜？」という懐疑的なものだった。〈スカイ・クロラシリーズ〉が映画との関係で長引いたため数年遅れてしまい、その間に、時代劇はまた盛り返してきた（主にゲーム関係が主導した）。だから、始める頃には、「ちょっと遅かったんじゃないかな」と思ったくらいである。

シリーズ第一弾が出版されたとき、文芸雑誌の取材を受けた。そこで語ったことだが、このシリーズは、海外で読まれることを想定して書いた。日本人ならだいたい侍《さむらい》とか大名《だいみょう》とかを知っているが、海外では単なるファンタジィである。そういったスタンスで、剣豪を書こうと思った。だが、全五巻が完結している現在、残念ながら海外で翻訳はされていない。

インタヴューでは、カンフー映画を子供の頃に見たから、その影響で書きたかった、と話した記憶もある。格闘技としての剣術を前面に出したいし、また一方で、血腥《ちなまぐさ》くならず、好戦的ではないことが、剣豪ものの必須条件だと認識している。黒沢映画にそういった日本的な精神の静けさがあるように思う。特にどれをと意識したわけではなく、子供のときから見ていた時代劇がすべて取り込まれているだろう。

二作めの『ブラッド・スクーパ』が、自分では会心作に近い。これを書きたかったので、一作めを書いたようなものだ。もちろん、その後の三作も、これに負けないようにバランスを取ったつもりである。

カバーのデザインは、〈スカイ・クロラシリーズ〉を連想させるテイストで、より洗練されている。最初が、東山魁夷《ひがしやまかいい》の日本画のようだった。二作めには、「竹林でお願いします」と指定した。水墨画の竹を想像していたが、もっと素晴らしいものになった。こうなると、次は紅葉だろう、と勝手にイメージして、物語を作っていく。つまり、カバーに何が来るかを指定するごとく、物語を書いた。結局、書きたかったのは「日本の美」のようなテーマであり、カバーも内容もシンクロするのは必然といえるだろう。

主人公のゼンは、いくつくらいか。十代であることはまちがいない。おそらく十六、七ではないか。ノギは、たぶん二十代後半であるから、一回りも違う。これからのカップルは、このような関係が一般的になりそうだ、と思っているが、なんでも先取りしすぎるのが僕の欠点ともいえる。あと十年くらい経たないと受け入れてもらえないかもしれない。

## ヴォイド・シェイパシリーズ

『ヴォイド・シェイパ』

中央公論新社
（2011年4月）

中公文庫
（2013年4月）

『ブラッド・スクーパ』

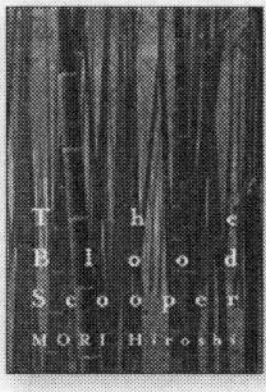

中央公論新社
（2012年4月）

中公文庫
（2014年4月）

『スカル・ブレーカ』

中央公論新社
(2013年4月)

中公文庫
(2015年3月)

『フォグ・ハイダ』

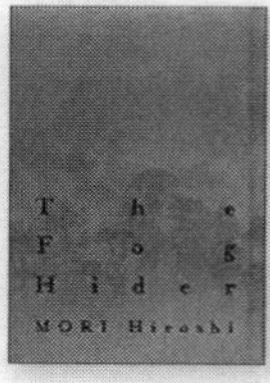


中央公論新社
(2014年4月)

中公文庫
(2016年3月)

『マインド・クァンチャ』

中央公論新社
(2015年4月)

中公文庫
(2017年3月)

# Xシリーズ

イナイ×イナイ
2007年5月　講談社ノベルス
2010年9月　講談社文庫
キラレ×キラレ
2007年9月　講談社ノベルス
2011年3月　講談社文庫
タカイ×タカイ
2008年1月　講談社ノベルス
2012年3月　講談社文庫
ムカシ×ムカシ
2014年6月　講談社ノベルス
2017年4月　講談社文庫
サイタ×サイタ
2014年11月　講談社ノベルス
2017年9月　講談社文庫
ダマシ×ダマシ
2017年5月　講談社ノベルス

〈Xシリーズ〉は、当初の予定どおり六作で完結した。主人公の小川令子《おがわれいこ》は、天才的な頭脳の持ち主でもないし、合気道ものにできず、真面目なことくらいしか取り柄がない。男運も悪そうである。といって、頭脳明晰な探偵役がほかにいるかというと、ぎりぎり真鍋瞬市《まなべしゅんいち》がそうだろうか。ここでも、女性の方がずっと歳上のカップルを登場させている（二人の間に恋愛関係はないが）。

時間的に、〈Gシリーズ〉と重なっているので、本も両シリーズを同時進行で刊行した。〈Gシリーズ〉がさきに始まり、現在十一巻が出たところで、まだ完結していない。これは、物語の時間スパンが長いからだ。〈Gシリーズ〉の初めは、西之園萌《にしのそのも》絵《え》が那古野《なごの》にいるが、途中で東京へ転勤になる。そこから〈Xシリーズ〉が始まって、彼女のその後がわかるようになっている。

〈Xシリーズ〉が、始まるまえに、短編集『レタス・フライ』文庫版に、小川令子が登場する短編「ライ麦畑で増幅して」を書いている。この短編は、ノベルス版には収録されていない。雑誌「メフィスト」に寄稿したもので、書いたのはXシリーズが始まるまえだが、『レタス・フライ』が文庫化された時点で加えてもらった。特に、この短編を読んでいる必要はないが、シリーズを通して、ときどき語られる小川の過去が、わりとストレートに描かれている。

〈Gシリーズ〉が、大学を舞台として、探偵を中心に置かない物語になっているのに対して、〈Xシリーズ〉では、探偵事務所を舞台とし、探偵が中心に置かれている。ただ、ごく普通のリアルな探偵である。ミステリィに登場するような超人的な探偵ではなく、興信所の探偵であり、警察の捜査に口を出せるような立場では全然ない。

日本のミステリィの多くは、現実には存在しない「探偵」というキャラクタを登場させる。そこで行われる「推理」は、言葉だけの論理であって、科学的な証拠に基づかない。最後は、容疑者の自白か自決によって解決と見なされるのだが、現実ではこれはありえない。一種のファンタジィの世界だといえる。

ファンタジィであるならば、自ら独自の世界を創出するのがクリエータの役目だろう。人が設定した世界で物語を書いていては、一次創作とはいいがたい。この狭いサークル的文化が、日本産ミステリィから感じられる息苦しさであり、斜陽となっている主因と考えられる。
そうした観測から、この〈Xシリーズ〉は始まっているが、さきにスタートした〈Gシリーズ〉のように、しだいにシフトさせるのではなく、いきなりリアルな場を作ってみたくなった、という作家生来のせっかちさの現れではないか、と自己分析している。

## Xシリーズ

『イナイ×イナイ』

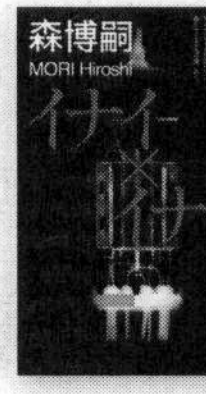

講談社ノベルス
(2007年5月)

講談社文庫
(2010年9月)

『キラレ×キラレ』

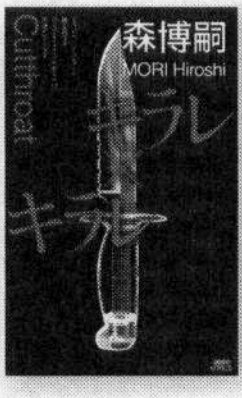

講談社ノベルス
(2007年9月)

講談社文庫
(2011年3月)

『タカイ×タカイ』

講談社ノベルス
（2008年1月）

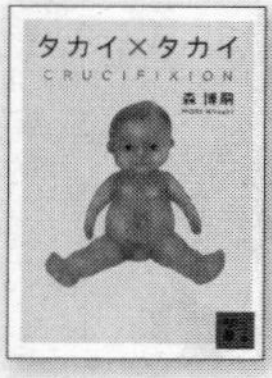


講談社文庫
（2012年3月）

『ムカシ×ムカシ』

講談社ノベルス
（2014年6月）

講談社文庫
（2017年4月）

『サイタ×サイタ』

講談社ノベルス
（2014年11月）

講談社文庫
（2017年9月）

『ダマシ×ダマシ』

講談社ノベルス
（2017年5月）

## Gシリーズ

**φは壊れたね**
2004年9月　講談社ノベルス
2007年11月　講談社文庫

**θは遊んでくれたよ**
2005年5月　講談社ノベルス
2008年3月　講談社文庫

**τになるまで待って**
2005年9月　講談社ノベルス
2008年7月　講談社文庫

**εに誓って**
2006年5月　講談社ノベルス
2009年11月　講談社文庫

**λに歯がない**
2006年9月　講談社ノベルス
2010年3月　講談社文庫

**ηなのに夢のよう**
2007年1月　講談社ノベルス
2010年8月　講談社文庫

**目薬αで殺菌します**
2008年9月　講談社ノベルス
2012年12月　講談社文庫

**ジグβは神ですか**
2012年11月　講談社ノベルス
2015年10月　講談社文庫

**キウイγは時計仕掛け**
2013年11月　講談社ノベルス
2016年11月　講談社文庫

**χの悲劇**
2016年5月　講談社ノベルス

**ψの悲劇**
2018年5月　講談社ノベルス

〈S&M〉および〈V〉を引き継ぐシリーズであり、森ミステリィの主流ともいえるのが〈Gシリーズ〉である。現在最終巻『ω《オメガ》の悲劇』を残して、十一作が発行されているが、巻数でも最長となっているし、二〇〇四年の第一作『φ《ファイ》は壊れたね』から既に十四年の歳月を経ており、この意味でも最長シリーズといえる。『φは壊れたね』は、森博嗣の小説の中で発行後一年間で最も沢山《たくさん》売れた。それだけ読者の期待が大きかったし、デビュー後八年で、人気もピークだったのだろう。これは、当時の僕自身も感じていたところだ。

感じていたからこそ、その期待を裏切り、森博嗣に対する評価を打ち壊すことがこのシリーズの目的となった。大袈裟に言えば、「本格ミステリィの破壊」である。

「脱」ではなく「破壊」だ。シリーズを読み進むに従って、読者が抱く「ミステリィ感」は崩壊していくだろう。多くは、「もうつき合いきれない」と感じて、「脱森博嗣」になるはずだ。しかし、残りの読者は、「新森博嗣」を見つける。そんな設計図に従って書かれている。

おそらく、ファンの数は半分になるだろう、と予測していた。また、このシフトには(作者ではなく読者の)時間がかかることも考慮して、刊行のインターバルをしだいに長く取ることも、計画の内だった。

〈S&Mシリーズ〉から〈Vシリーズ〉に移行したときに、多くの読者が戸惑い、まえのシリーズのキャラクタが忘れられなかった。その切換えができないまま、どんどん新しいシリーズが進んでしまった。そういった観察から、インターバルを取ることにした。なるほど、人間は最初に見たものを、しばらく目に焼きつけるのだな、とわかった。これは、〈S&M〉も〈V〉も過去のものとなった時点では、緩《ゆる》やかに解消されている。〈V〉と同じように、最初は〈Gシリーズ〉も散々に言われた。それはそのとおり、今度は散々に言われるように書いたのだ。探偵がいないから、事件がしっかりと解決しない。犯人が自白するわけでもなく、謎は謎のままとなる。しかし、本来「謎」とは観察者が作るものであって、仮説により生じ、仮説によって消えるだけの幻想にほかならない。

六作めの『η《イータ》なのに夢のよう』までは、まあまあミステリっぽい部分も残しているが、ここで〈Xシリーズ〉に分岐し、後半の〈Gシリーズ〉は、ミステリィの一段めのロケットを切り離し、別の軌道へ加速している。また、『キウイγ《ガンマ》は時計仕掛け』で、二段めも切り離し、広大な宇宙空間へ飛び出していく。こうして見ると、〈S&M〉や〈V〉は、単なる地上の発射台だったのかもしれない。

## Gシリーズ

『φは壊れたね』

講談社ノベルス
（2004年9月）

講談社文庫
（2007年11月）

『θは遊んでくれたよ』

講談社ノベルス
（2005年5月）

講談社文庫
（2008年3月）

『τになるまで待って』

講談社ノベルス
(2005年9月)

講談社文庫
(2008年7月)

『εに誓って』

講談社ノベルス
(2006年5月)

講談社文庫
(2009年11月)

『λに歯がない』

講談社ノベルス
(2006年9月)

講談社文庫
(2010年3月)

『ηなのに夢のよう』

講談社ノベルス
(2007年1月)

講談社文庫
(2010年8月)

『目薬αで殺菌します』

講談社ノベルス
(2008年9月)

講談社文庫
(2012年12月)

『ジグβは神ですか』

講談社ノベルス
(2012年11月)

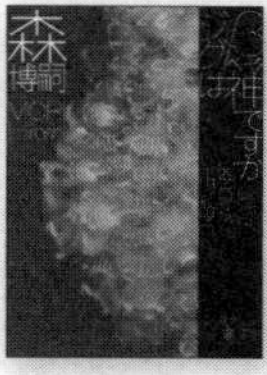

講談社文庫
(2015年10月)

『キウイγは時計仕掛け』

講談社ノベルス
(2013年11月)

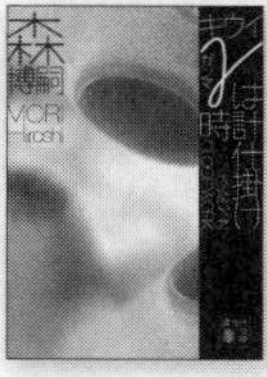

講談社文庫
(2016年11月)

『χの悲劇』

講談社ノベルス
(2016年5月)

『ψの悲劇』

講談社ノベルス
(2018年5月)

# Zシリーズ

**ZOKU**
2003年10月 光文社
2004年10月 カッパ・ノベルス
2006年10月 光文社文庫

**ZOKUDAM**
2007年7月 光文社
2008年7月 カッパ・ノベルス
2010年1月 光文社文庫

**ZOKURANGER**
2009年4月 光文社
2010年8月 カッパ・ノベルス
2011年8月 光文社文庫

〈水柿君シリーズ〉と並んで、この〈Zシリーズ〉三部作は、読者から「作者は楽しんで書いている」と言われるのだが、それはまったく当たっていない。書くのが大変で、苦労したシリーズである。愉快さを作ることは、愉快な作業ではない。美しいものを作る作業が、手を汚し、作業場も汚れることに似ている。さまざまなものから愉快さを抽出して作るわけだから、愉快ではない殻や残骸が残って散らかる。全然楽しくない。

〈水柿君〉でも、最初はミステリィっぽく書いた。〈Z〉も、第一巻の『ZOKU』は、ミステリィ仕立てになっている。最初から荒唐無稽では、読者が入りにくいからだ。

いずれも、雑誌に連載した短編をまとめて単行本に収録している。たしか「ジャーロ」という雑誌だったが、そのまえは違う名前だったように記憶する。

光文社から出した本は、このシリーズのほかに『猫の建築家』『失われた猫』の絵本があって、特に『失われた猫』は、ここ十年の自作では最高傑作だと自認している作品であるが、残念ながら文庫化されていない。自信作とは、だいたいそうなるもののようである。

さて、〈Zシリーズ〉で、自分で最も納得ができたのは最終巻である。面白いかもしれないな、とようやく自分で思えるようになった、といえるかもしれない。

このシリーズは、連載時には、佐久間真人《さくままこと》氏による挿絵があった。単行本の表紙も彼の絵である。また、ノベルス版では、山田章博《やまだあきひろ》氏のカバーになっている。〈スカイ・クロラシリーズ〉のノベルス版が、鶴田謙二《つるたけんじ》氏のカバーだったのと双璧を成す貴重さではないだろうか。

僕は、わりとB級映画が好きだ。今は、そういったものが手軽にネットで見られる。少し古いものは無料の機会もあって、一カ月に一本くらい見ているかもしれない。怪獣映画とかSFものが多い。予算をかけず、陳腐なセットで物語が進む。脚本もまた安価なためか、予定調和の進行となり、安心して見ていられる。安心できるのは、あまりにも陳腐だから、損をした気にさせないからだ。「作りもの」感が前面に押し出されている故の安定感だろう。

つまり、リアルさのなさが、臨場感を遠ざけ、安心を創出する文化があって、多くの場合、それをコメディにしてしまうわけだが、そこまで笑わせようとしない、むしろキャラクタは真面目に演じている方が、よけいに面白かったりする。

マニアックといえばマニアックであり、明らかな倒錯だが、ふと気がつくと、映画もアニメもTVドラマも、ことごとくマニアックに倒錯している昨今である。

## Zシリーズ

### 『ZOKU』

光文社
(2003年10月)

カッパ・ノベルス
(2004年10月)

光文社文庫
(2006年10月)

『ZOKUDAM』

光文社
(2007年7月)

カッパ・ノベルス
(2008年7月)

光文社文庫
(2010年1月)

『ZOKURANGER』

光文社
(2009年4月)

カッパ・ノベルス
(2010年8月)

光文社文庫
(2011年8月)

# Wシリーズ

彼女は一人で歩くのか？
2015年10月　講談社タイガ
魔法の色を知っているか？
2016年1月　講談社タイガ
風は青海を渡るのか？
2016年6月　講談社タイガ
デボラ、眠っているのか？
2016年10月　講談社タイガ
私たちは生きているのか？
2017年2月　講談社タイガ
青白く輝く月を見たか？
2017年6月　講談社タイガ
ペガサスの解は虚栄か？
2017年10月　講談社タイガ
血か、死か、無か？
2018年2月　講談社タイガ
天空の矢はどこへ？
2018年6月　講談社タイガ
人間のように泣いたのか？
2018年10月　講談社タイガ

書くつもりがなかったシリーズである。〈Gシリーズ〉を始めるときからお世話になっている編集者K城氏が、講談社タイガを立ち上げるので、「是非新しいシリーズを」と依頼してきたので、しかたなく、これに応えて書いた。SFで良ければ書けるかも、と返答した覚えがある。

第一作の『彼女は一人で歩くのか？』を書くまでは、シリーズが成立するかどうか自信がなかったのだが、この一作を書いたことで、十作は書けるだろうという手応えがあった。実のところ、この一作めはなくても良い作品であり、物語の設計図のような役目になっている。これは、〈ヴォイド・シェイパシリーズ〉の一作めでも同じだ。つまり、考えながら書く作家なので、一作めがどうしても、こんな「設定集」みたいな感じになってしまう。一作めを世に送らず、二作めから刊行してシリーズをスタートさせたら、もっとスマートになるのではないか。設計図でも印税をもらえてしまうので、作家にとっては甘い条件ではあるけれど、実際この一作めは、残り九作を書くよりも大変で、憂鬱で、ストレスがかかる仕事になるから、一冊分の印税くらいはいただいても罰《ばち》は当たらないものと思われる。

〈S&M〉をスタートさせるときに、いろいろアドバイスをもらった当時の編集担当K木氏（今はもっと偉くなられたが）が、一作め『彼女は～』の原稿を読まれて感想を送ってこられ、「傑作だ」と激励された。そもそも、これまでずっと講談社のシリーズでお世話になっていた借りを返すために書いたのだから、K木氏に喜んでもらえたことは本望といえる。

さて、やはりこのシリーズでも二作めの『魔法の色を知っているか？』を書いたときに、自分でも「面白いじゃないか」と感じた。自作を面白いと感じるのは、滅多にないことだ。〈百年シリーズ〉や〈ヴォイド・シェイパシリーズ〉でも、二作めが、同じ手応えだった。これはやはり、設計図を描いた苦労のあと、自由に作り始める工作で感じる最初の興奮のようなものだろう。

作者だけが手応えを感じてもしかたがないが、それくらいの見返りというか、楽しみもないと、なかなかものを作り続けることはできない。印税がもらえるというだけでは、モチベーションとしては少々心許《こころもと》ない。〈Wシリーズ〉は、とにかく短くまとめる要望が編集部にあり、一作がシンプルになった。読みやすいだろうし、読み応えがないかもしれない。時代に合わせて、小説もスタイルを変えている。

発行の一年まえには脱稿していて、読者からの反応を見て、次作を書くということはない。これは僕がシリーズものを書くうえで、いつもの条件である。受け手の反応を活《い》かすのは次のシリーズで、ということにしている。創作者には、その程度の遠望が必要だろう。

## Wシリーズ

『彼女は一人で歩くのか？』

講談社タイガ
(2015年10月)

『魔法の色を知っているか？』

講談社タイガ
(2016年1月)

『風は青海を渡るのか？』

講談社タイガ
(2016年6月)

『デボラ、眠っているのか？』

講談社タイガ
（2016年10月）

『ペガサスの解は虚栄か？』

講談社タイガ
（2017年10月）

『人間のように泣いたのか？』

講談社タイガ
（2018年10月）

『私たちは生きているのか？』

講談社タイガ
（2017年2月）

『血か、死か、無か？』

講談社タイガ
（2018年2月）

『青白く輝く月を見たか？』

講談社タイガ
（2017年6月）

『天空の矢はどこへ？』

講談社タイガ
（2018年6月）

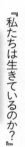

# 探偵伯爵と僕

２００４年４月　講談社
２００７年11月　講談社ノベルス
２００８年11月　講談社文庫

「ミステリーランド」シリーズは講談社の宇山《うやま》氏が企画したもので、大勢の作家が参加した。「子供向け」の作品だと読者の多くが勘違いしているが、「かつて子供だったあなた」向けともあるとおり、必ずしも子供向けとはいえない。ただ、挿絵があったり、漢字のルビが多かったりして、懐かしい雰囲気の本作りになっている。

本作は、山田章博氏にイラストをお願いした。僕は小学校高学年に読めるものを書いたつもりで、子供向けだからとディテールを削ったり、オブラートに包むようなことはしていない。むしろ、こういったストレートな作品の方が、わかりやすくて、子供に適している、という考えに基づいている。なによりも、子供には一流のものを与えることが大切であり、その意味では手を抜かないことが、大人としての責任だろう。

なぞなぞや暗号が出てきたり、といった部分は装飾である。それをいえば、伯爵(earl) が、現実 (real) のアナグラムになっている点が、大人向けの暗号で、やはり装飾だ。気づかなかった人は、子供心を忘れていない人だから、羨《うらや》ましい。

子供の視点で物事を記述することは、技術的に難しい。誰もが、子供の経験があるから、「子供はこんなふうじゃない」と思われてしまう。しかし、みんなが経験した子供は、たった一人なのである。また、近くにいる子供は、例外なく「大人の視点で観察した子供」だ。高校生だって同じなのだが、その場合は、「そういう奴もいたかも」と識別が緩くなるので、書きやすくなるのである。

つまり、非常に書きにくく、困難を極めた執筆だった。宇山氏には、いちおう満足していただけたようで、安堵《あんど》したことをよく覚えている。

講談社
(2004年4月)

講談社ノベルス
(2007年11月)

講談社文庫
(2008年11月)

# どきどきフェノメノン

2005年4月　角川書店
2006年10月　ノベルス版（角川書店）
2008年4月　角川文庫

角川書店から依頼されて、雑誌「野性時代」に連載した作品である。熱心な編集者がいて、彼のために書いたものが、連載が決まった途端に他社へ移ってしまった。ありがちな行き違いだった。

たしか、「森博嗣初の恋愛小説」と誌面で書かれたはず。僕自身がそんな発言をしたわけではないし、それだったら、デビュー作の『F』からして恋愛小説なのではないか、とも思った。

これまでの連載は、一話ごと独立した短編を続けたものだったが、本作は、（明確な切れ目のない）完全な連載で、こういった書き方ができるようになったのだな、と当時思った。作家として、少し慣れてきたということだろう。ストーリィなんて、考えながら、なんとでも書いていけるものであり、最後もどうにでもなる、ということがわかった、ともいえる。度胸がついたのかもしれない。

　それでも、単行本になるときに、ゲラを通して読んでみると、やはりある程度のテンションを維持して話が進んでいて、読み飽きない。逆に、メリハリがないともいえる。このあたりが、連載した小説の特徴だろうか。プロの作家は、その特徴も想定して書く必要があるということだ。あまり、小説を読まないので、普通の作品がどうなのか、は知らない。

　映画『アメリ』に似ている、といわれることも多いが、そのとおりかもしれない。ただ、女性主人公で、いろいろ画策する、というだけの共通点しかないが。

角川書店
(2005年4月)

ノベルス版(角川書店)
(2006年10月)

角川文庫
(2008年4月)

# カクレカラクリ

2006年8月　メディアファクトリー
2008年7月　講談社ノベルス
2009年8月　MF文庫

書く切っ掛け（すなわち依頼内容）については、他書（たとえば『作家の収支』）で述べた。電通が持ってきた企画だった。ゼロから考えて、映像化を前提とした物語としなければならず、非常に不自由な経験だったが、それでも結果は満足している。なんとか書けるものだな、とも思った。ときどきこうしたハードルを越えないと成長できないのかもしれない（さほど成長したくはないけれど）。

素人目《しろうとめ》にも「小説にどれほど宣伝効果があるだろうか」と疑わしかったが、続けて同じような企画が来なかったのだから、その疑惑も妥当だったわけである。もちろん、報酬はいただいているので、まったく文句はない。

TVドラマの方は、原作よりもさらに突っ込みどころ満載であったが、けっこう面白かった。これまでに、幾つか自作がTVドラマになっているけれど、いずれも不満に思ったものはない。何故か反発する読者は多い。作者は不思議に感じている。

主人公たちは、廃墟マニアで、この村にある古い工場に興味を持つ。ドラマでは、それが天体観測マニアになっていた。アイドルとしての綺麗さが優先されたのだろう。しかし逆にいえば、小説はそれだけ先鋭なものが許される。大衆受けのために鈍化させる必要がない。そういうことを再確認できた。

ドラマで、一点だけ若干だが不満に感じたことがある。お嬢様がお嬢様らしくなかった。女優が悪いのではなく、脚本か演出がそうなっている。これもやはり大衆向けのための犠牲、すなわち鈍化であっただろう。この点も、非常に勉強になった。

メディアファクトリー
(2006年8月)

講談社ノベルス
(2008年7月)

MF文庫
(2009年8月)

# 少し変わった子あります

2006年8月 文藝春秋
2007年11月ノベルス版(文藝春秋)
2009年6月 文春文庫

「別冊文藝春秋」で連載をした作品。だからというわけでもないが、かなり「文芸」寄りである。この作品も、一部の読者には非常に受けが良い。森博嗣の最高傑作だと言っている人が何人もいる。

作者としては、そこまで力を入れていない。わりと軽く流して書いたものだ。同雑誌に、このあと連載した『銀河不動産の超越』に構造的に似ている。同じシリーズにしても良いくらいだった。

この作品は、タイトルがすべてである。このタイトルを思いついたから書けた。「少し変わった子がいます」ではない。ここに注目していただきたい。だいぶあとになって気づいたのだが、萩尾望都《はぎおもと》先生の『この娘《こ》うります!』というタイトルが、頭の中で(無意識に)作用した可能性はある。

この種の短編は、「奇妙な味」と呼ばれることがあるみたいだが、この頃は、この名称がミステリィに限られるほど、「お決まりの味」になってしまったので、使いにくくなった。その意味で、「奇妙な味」の本来の奇妙さを意識して書いた、と自分では思っている。

なんとか同じテイストで続けて一冊の本にできたけれど、もうこれ以上は書けないと感じた。これが二冊も三冊も出せるほど、文芸家ではない、ということだろう。つまり、僕には進むのが難しい方向性だった、ということが仄《ほの》かに確からしい。

文藝春秋
（2006年8月）

ノベルス版（文藝春秋）
（2007年11月）

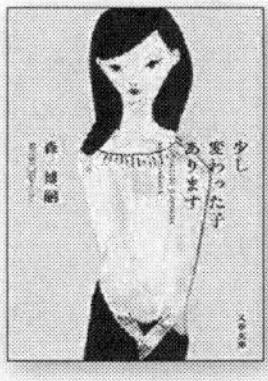

文春文庫
（2009年6月）

# ゾラ・一撃・さようなら

2007年8月　集英社
2009年2月　講談社ノベルス
2010年8月　集英社文庫

あからさまにデイヴィッド・ハンドラーのシリーズに似た設定で始めたのだが、そのモチベーションは、ハンドラーの本が絶版になったからだ。今のところ二作しか書いていないから、まだシリーズとはいえず、単発ものとして取り上げる。ハードボイルドを書こうと思って書いた。だが、人によってハードボイルドの定義が著しく違うようで、どうも周囲から理解を得られない。

この作品は、集英社から発行されているが、講談社ノベルスにもなっていて、そのときのカバーを、わたせせいぞう氏にお願いできた。実は、〈S&Mシリーズ〉のときに、僕は、わたせ氏のイラストのカバーが良いな、と想像していたのだ。もし、実現していたら、ライトノベルスになっていただろう（まだラノベのない時代であるが）。

それはさておき、主人公の頸城《くびき》は、書きやすい視点人物である。この主人公ならいくらでも書ける、と思う。ただ、そのイージィさが、ある意味この作品の欠点でもある。あまりに自然で、引っかかりがない。そこが、読者もスルーしてしまう要因となるだろう。なんというのか、森博嗣らしさが希薄で、どこにでもある小説に見えてしまうのかもしれない。森博嗣らしさが濃厚だと感じていただければ、「当たり」なのだが。

難しいもので、作者がちょっと書きにくいと思って苦労した部分が、読者が引っかかる刺《とげ》のような作用をもたらすらしい、ということが観測される。これが、技法的に常に実現できれば、もっと売れっ子作家になれたのではないか、と想像する。

集英社
（2007年8月）

講談社ノベルス
（2009年2月）

集英社文庫
（2010年8月）

## 暗闇・キッス・それだけで

2015年1月　集英社
2018年1月　集英社文庫

シリーズ二作めである。やはり、書きやすかった。読者の反応を見ると、一作めよりも好評のようだ。だんだん、こういう緩いものが好まれるようになる、ということかもしれない。それとも、「森博嗣にしては珍しく、ちゃんとミステリィしている」点が評価された可能性もある。現にそんな呟きが多かった。それくらい、「ミステリィ離れした森博嗣」が浸透してきた証拠である。『ゾラ・一撃・さようなら』のときは、まだ森博嗣にミステリィが期待されていたから、受けなかったのだ。

作品というものは、このように他の作品や時期により相対的に価値を持つことがわかる。いつ書く(読む)かによって、当たるか当たらないかが決まる。だが、そういった観測は、発行時に当たるものがベストセラだという印刷書籍の慣習の上に成り立っている。今後は、電子書籍が台頭し、どれが新刊か、いつ発行したのかなど、読者には無関係となり、すべてが「並列」の時代になるはずだ。

本作には、ビル・ゲイツを連想させる登場人物が出てくる。『女王の百年密室』にも出てくる。これは偶然なのだろうか？　はい、偶然です。

本作も、わたせせいぞう氏のカバーでノベルスが出たら良かったのだが、時既に出版不況の渦中にあり、ノベルスなんか出してもらえない時代になってしまった。まるで、頸城の失恋のような哀愁である。

集英社
（2015年1月）

集英社文庫
（2018年1月）

# もえない

2007年12月　角川書店
2008年12月　ノベルス版（角川書店）
2010年12月　角川文庫

「野性時代」に連載した作品。『どきどきフェノメノン』と同じく、連続したストーリィとなっている。森作品としては珍しく、高校生が主人公だ。そういわれてみれば、ほかにないかもしれない。たいてい大学生にしてしまいがちだからか。

この小説の舞台は、僕が通っていた高校であり、また書きにくいことだが、同じように在学中に死んだ友人がいて、その葬儀に教会へ行ったこともあった。さらに、近所の女子校だとか、星ケ丘《ほしがおか》にあったボウリング場が出てきたりするし、かなり昔の思い出をそのまま使って書いた。ただし、それらがモチーフになっているだけで、事件はもちろん完全なフィクションである。

僕の世代でも、姫野《ひめの》のように長髪の同級生が高校にいた。ただ、最近多い女性的な人物ではなく、どちらかというと女性にもてるプレイボーイだった。吉田拓郎《よしだたくろう》のフオークソングが流行《はや》っていた時代だ（関係ないが）。

本作の感想で、「最後の一言が良かった」と書いてきた読者が多かったけれど、それほどのことでもないだろう、というのが作者の率直な感想である。連載だったから、最後のことなどまったく考えずに、タイトルを決めて書き始めたので、狙ったものではない。

ちなみに、本作と『どきどきフェノメノン』は、ノベルス版のカバーをささきすばる氏が描いている。

角川書店
（2007年12月）

ノベルス版（角川書店）
（2008年12月）

角川文庫
（2010年12月）

# 銀河不動産の超越

2008年5月 文藝春秋
2009年9月 講談社ノベルス
2011年11月 講談社文庫

これも雑誌に連載したものだ。コメディタッチで書いたので、一気に書いていたら疲れたと思う。そういう意味で、連載というシステムは使い道がある。考えてみると、コメディっぽいものは、全部雑誌の連載のような気がする。

実際に、不動産屋になって不思議な物件を売る夢を見たことがあったので、その夢のまま書き始めた。あとは野となれ山となれ方式である。案の定、どれかと同じようなオチになっている。しかし、こういった作品では、振れ幅が命であり、突飛の外れ方というか、どれほど変な突飛か、という発想力が試される。作家泣かせの題材といえるだろう。この点でも、少しずつ時間をかけて書く連載だからこそ実現できたといえる。

この作品を読んで、「真面目にやっていれば、いつか報われるという教訓」を読み取った人がいるようだが、そんなことを読み取られるとは、まだまだ作家として脇が甘いというしかない。真面目にやっていても、報われないことの方が多いだろう、と正直に書いた方が、ずばり通じるだろうか。

しかし、小説の読者というのは、このように仮想世界に一時期でも生きることができるようだ。バーチャルリアリティは既にここに実現している、と思われる。

ちなみに、ハードカバーと文庫の装丁は、打放しコンクリートの壁面である。どうしてこうなったのかよくわからない。わからなさが良いのか。ノベルス版の、山田章博氏のイラストの方が、本作の雰囲気をよく捉えていると思うが、読者はそうではないものを読み取ろうとしているので、作家と読者の溝は深まるばかりともいえる。

文藝春秋
（2008年5月）

講談社ノベルス
（2009年9月）

講談社文庫
（2011年11月）

# トーマの心臓

2009年7月 メディアファクトリー
2010年10月 講談社ノベルス
2012年4月 MF文庫

小説作品で唯一あとがきを書いた。そこに書いたとおりなので、ここでは繰り返さない。

もっとも、本が出た初期の頃には、萩尾先生の原作を知っている人に多く読まれたようだ。このタイトルを冠しているのだから、当然だろう。そして、当然ながら、「原作と違う」と非難囂々《ごうごう》だった。覚悟の上で書いたので、「うんうん。だよねぇ」と頷くしかないが、しかし予想していたよりは、非難は少なかった。根が心配性なのだ。

時間が経過するほど、この作品を独立したものとして評価する読者が増えてきて、だんだん褒められるようになり、「名作だ」とまで言われるに至って、こちらとしては非常に面映《おもは》ゆい。たとえ、いろいろ異なる部分があるにしても、原作あっての作品である。原作のイメージがなければ書けないわけで、褒められた分は、すべて萩尾先生にそっくりお中元とお歳暮でお贈りしたい。

「違う」の非難は、主として舞台を日本に変えたことに向けられた。だが、これは漫画と小説の構造の違いに起因している。漫画は絵で描くものだから、ドイツでも通じる（むしろ萩尾先生の絵は日本人には見えない）。しかし、小説は日本語で書かれているのだから、ドイツ人は描けない。そういう道理が、僕には絶対的だった。独白であっても、日本語で書くことに抵抗があった。

しかし、こののち、『神様が殺してくれる』で、初めて外国人を主人公にして小説を書いている。『トーマの心臓』の執筆で、どれほど僕が得たものが大きかったか、具体的に言葉では表現できないが、書けないものが書けるようになるほどには、大きかったのである。実りのある一作だった。

メディアファクトリー
（2009年7月）

講談社ノベルス
（2010年10月）

MF文庫
（2012年4月）

# 喜嶋《きしま》先生の静かな世界

2010年10月　講談社
2013年10月　講談社文庫

本作も、〈Wシリーズ〉と同じく、編集者K城氏に依頼されて書いた作品である。さきほど、『四季』が講談社唯一のハードカバーだと書いたけれど、本書のことをすっかり忘れていた。実は、ハードカバーはその後さらに二作出た（『実験的経験』、『赤目姫の潮解』）。短編集『まどろみ消去』の中にあった「キシマ先生の静かな生活」が元になっている。この短編は、のちに『四季』のハードカバーの付録（応募者に送付された）として作った豆本（五センチくらいのサイズ）にもなった。自分の短編を長編にしたのは、本作と『イデアの影』の二作だけである（たぶん）。

長編を書くに際して、最後の部分はほとんど短編のままにした。つまり、そこへ向かう緩やかな前段階を、短編の内容から展開しただけである。実質的に変わっていない。まったく同じ物語だ。「短編の方が切れ味が良い」との評価もあって、僕もそのとおりだと思っている。ただもちろん、長編として、その世界に浸りたい人も多いので、需要はあったはず、と想像する。

本作と、次に述べる『相田《あいだ》家のグッドバイ』は、僕の小説では珍しく、登場人物にモデルがいる。とはいえ、モデルが実在しようが、完全な虚構だろうが、僕自身はほとんど差を感じていない。作家が物語を思い描いて執筆するときには、同じくらいリアルになっているはずだからだ。つまり、書く以前には両者に違いがあっても、書いたあとには同じものになる。いずれも、僕の体験になるという意味でだ。

この種の理系の物語は、リアリティを伴って小説として描かれることは稀《まれ》だろう。多くは取材をしたものが骨格となり、文系の思考による脚色が加わる。たぶん、ストレートには書けないはずだ。そのままでは受け入れられない、当たらない、感動が得られない、との懸念が、余計な脚色を招きがちで、創作の障害になっている。

森博嗣の場合、当たらないのがデフォルト、という基本があるから書けたのである。

講談社
(2010年10月)

講談社文庫
(2013年10月)

# 相田家のグッドバイ

２０１２年２月　幻冬舎
２０１４年12月　幻冬舎文庫

小説の依頼があって、なんでも良いと編集者が言ってくれたので、思い切って書いてみた。両親が死んだあとだったから、これを書くことで、自分自身の気持ちが整理できたように感じた。「供養になった」とは言えない。供養などしていないからだ。ほとんど事実である。その意味では、『喜嶋先生の静かな世界』よりも「自伝的」といって良いだろう。

本作で、特に意識したのは、台詞《せりふ》を書かないことだった。人がしゃべっている言葉を「　」の中に入れて書かない。そうすることで、事実に近づくことができるように思った。しゃべる様子を書くと、どうしてもリアリティが消えてしまう。芝居がかったものになるからだ。この試みは成功したと感じたので、この一作でやめることにした。上手くいかなければ、もう一作試してみただろう。

新潮社に木村由花《きむらゆか》氏という編集者がいて、僕に『そして二人だけになった』を書かせた人だ。その後も、いろいろお世話になっていて、「いつか、本気を出して小説を書きますよ」と約束していた。その彼女が、本作を「面白かった」とメールで書いてきた。これ以外に褒められた作品はなかったので、よほど相性が良かったのかな、と思った。その半年後くらいに、木村氏は急逝した。

おそらく、自分の病気が既にわかっていて、その意味でヒットしたのではないか、と想像する。残念ながら、「本気で書く」という彼女との約束は果たせなくなった。

人間はいつ死ぬかわからないが、高齢になれば確率は高くなる。どんな約束も期待も、そして経験や思い出も、死によってすべて消えてしまう。これは避けられない。常に、それを忘れないこと、覚悟しておくことが大切だと思う。

幻冬舎
(2012年2月)

幻冬舎文庫
(2014年12月)

# 実験的経験

2012年5月　講談社
2014年7月　講談社文庫

「小説現代」に連載した作品で、小説である。小説ではないと一部に受け止められているようだが、もしそうなら何だというのか教えていただきたい。非常に小説だ、と作者は考えている。

しかし、オーソドックスではないし、既に小説が好きだという読者には受け入れられないだろう、とは容易に推測できる。それでも、書いてみる価値があったし、本を出してみることにも意味があった。

文庫では、筒井康隆《つついやすたか》氏から解説をいただいた。この上ない光栄である。筒井氏には、このほか〈水柿君シリーズ〉の第一作でも解説をいただいているが、そのときは氏の『文学部唯野《ただの》教授』との類似性で依頼が行ったのだ。今回は、もう少し先進性のような部分で、僅かばかりの「威勢」が認められてのことと解釈している。

もし、森博嗣がもう少し若くて、真剣に文芸あるいは文学なるものを志していたら、この作品もシリーズになって、何冊も作品を連ねていただろうし、さらに類似の作品が幾つも世に送り出されたはずである。そうならなかったのは、もちろん、その志がなかったからだ。今でもそれはない。

才能というものは、電波のようなものである。振動といっても良い。そこにあるファクタは、速度、周波数（振動数）、そして振幅の三つだ。周囲よりも早く到達すること、さまざまな共鳴を誘うものであること、そして、振れ幅の大きさで圧倒することである。

ときどき大きく揺れ動くものでなければ、才能ではないし、そういった奇異を、「鬼才」と形容するようだ。時間をかけて努力をすれば、深く鋭くはなれるが、振れ幅は努力だけでは勝ち取れない。

講談社
（2012年5月）

講談社文庫
（2014年7月）

# 神様が殺してくれる

2013年6月　幻冬舎
2016年4月　幻冬舎文庫

日本人以外を主人公にした小説である。この作品は、若いときに書いた漫画が原作となっている。その漫画は短編の連作で、『Cinema Show』という同人誌に収録されているが、入手は困難だろうから諦めてほしい。

小説を書くときには、映像化が難しいものを書こうと意識しているが、この作品は例外といえる。元が漫画なのだから、そのままである。

女性のように美しい男性が登場するが、ここ最近ではその種のものに対して、大衆が抵抗感を示さなくなった、と大衆は思っているようだ。だが、僕はこの漫画を四十年以上まえに描いている。当時でも、さほど抵抗感はなかった。さらに遡れば、もっと以前から脈々とあった文化である。

編集者から、是非続編をと依頼を受けているが、いったい誰を主人公にしたら続けることができるだろう、と途方に暮れるばかりである。

この作品が書けたのは、『トーマの心臓』で学んだことが大きい。なんというのか、一瞬だが、小説家になったような気分になれた。

幻冬舎
（2013年6月）

幻冬舎文庫
（2016年4月）

# イデアの影

2015年11月 中央公論新社
2018年11月 中公文庫

この作品も、自作の漫画を原作としている。その漫画のタイトルは、「ゼルダの伝説」だったが、某ゲームとは無関係だ。また、短編集『まどろみ消去』に収録されている「純白の女」が、同じ漫画を小説にしたもので、つまり、『喜嶋先生の静かな世界』と同様に、短編の長編化ともいえる。

編集者から、「谷崎潤一郎《たにざきじゅんいちろう》フェアで一作書いてほしい」という無謀な依頼があって、以前から「谷崎はよく読んでいる」と言っていた手前、引き受けざるをえなかった。谷崎については、初期の短編か、エッセィの方が好みであり、本作で引用した『細雪《ささめゆき》』は読んでいない。だから、少なくとも『細雪』のリスペクトではない。

これに限らず、自作の小説で引用している本は、ほとんど未読のものである（リスペクトしていると受け止められることに抵抗感はないが）。

リスペクトというならば、宮崎駿《みやざきはやお》の某作品に似ているのではないか、とのちにその某作を見たとき心配になったが、あまり指摘されず、ほっとしている。

特記すべきは、鈴木成一《すずきせいいち》氏による単行本のカバーの美しさである。

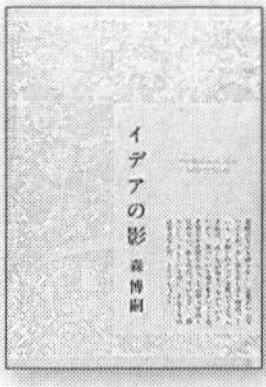

中央公論新社
(2015年11月)

中公文庫
(2018年11月)

第2章

# 森読書

書評や本に関するエッセィ

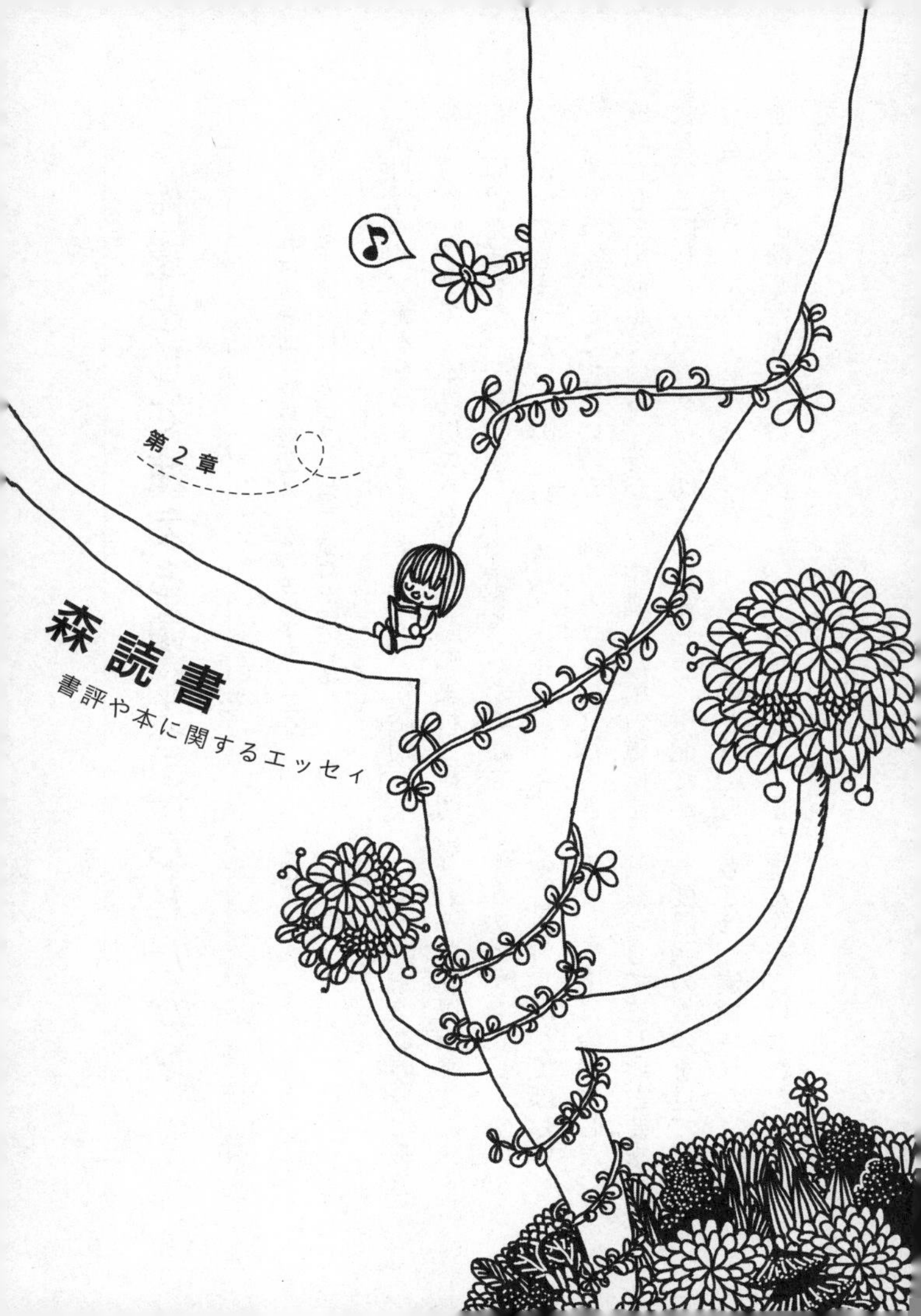

# 作家として使える頭脳が得られたか？

これは、今回の収録範囲外となる古い小文。三冊めの文庫が出るときに依頼されて書いたもの。前半は恨みがましい言い訳になっている。

先月号のイン★ポケットはネット上で大いに話題になったが、顚末はこの号に載るのだろうか。さて、本誌にエッセイを、と頼まれ、〆切よりも一週間以上まえにメールで原稿を送った。一二〇〇文字で依頼されたのが、つい筆がのってしまい一五〇〇文字書いてしまった。このため、スペースオーバとなり、数日後、「削ってほしい」と要求された。ここで言い訳だ。当方もプロの文章書きなので、一応は最適化した完成品として出荷している。だから、完成した車の重量を二割減らしてほしいと要求されるのと同じくらい、文章を切るのは難しい。可能だが、一度最適のものを見てしまうと、どうしても不満が残る。さて、重要なことは、もともとは、依頼された文字量を超えて出荷した森が一番いけない、ということだ。まだまだ作家にはなれない所以である。

というわけで、もう信じられないくらいめちゃくちゃ面白い内容のエッセイを奇跡的に書き上げたのだが、それはあっさりボツにして、ここに書き直すことにした。幻の原稿はどうなったのか、と読者の期待だけ高め、そのまま闇に葬りたい（ほら、こんなことを書いているうちにもう四八〇文字だ）。

まさか自分が小説など書くことになるなんて思ってもみなかった。文章（特に物語）を書くことに慣れていない人間なので、最初の頃は本当に苦労（というより驚異）の連続だった。その中でも、何が最も苦労だったかというと、表記の問題だ。漢字で書くのか、ひらがなで書くのか、カタカナ表記にもバリエーションがある。つまり、内容や文章表現以前の、基本的な文字の作法がわかっていなかった。少しでも小説を書いた経験があれば、こんなことは意識せずにすんだのだろう。

できれば、作品中では表記を統一したい。ばらばらではみっともないだろう。だから、表を作って書き出してみた。自分なりのルールを構築しようとした。だが、たちまち、そのマイ・ルール表は肥大化する。例外も次々に現れる始末。たとえば、「駄目」と漢字で書きたいときもあれば、「だめ」と軽くひらがなにしたいときだってある、ということが物語を書いていて初めてわかる。森のような真面目で固い（こんなに几帳面な人はN市内には二、三人しかいないぞ！　と勝手に思うことの多い）人間でさえ、これくらい揺れ動くのである。作家の方々の苦労が偲ばれる。

日頃は学術論文を書いているわけで、小説とはまったく違う表記に慣れている。ワープロの辞書も切り替える必要がある。だが、頭はそんなに簡単には切り替わらない。難儀なことだ。しかし、何作か書くうちに、不思議に馴染んできた。覚えるものだ。表記方法もずいぶん変化したものの、しだいに収束し、定着して、例のルール表もいつしか不要になった。人間の頭脳というのは（四十歳を過ぎても）なかなか使えるアイテムだと妙に感心。まんざらでもない。「まんざら」ってどう書いたら良いのか？（ここで一二〇〇文字だ！）

「IN★POCKET」1999年7月号（講談社）に掲載

## ミステリィを書いて学んだこと

こちらが文字数制限でボツになったもの。こちらの方が本質的な内容だが、お上の物言いで書き直し、表記ルールという瑣末な具体例になったのが、まさに官庁への申請書のごとし。

「笑わない数学者」を書いたのは四年まえの九月。ノートパソコンの打ちにくいキーボードを途中で何度か分解・掃除しながら書いた。毎晩遅くなってからの執筆で約二週間かかった。

作品としては二作目になる。一作目は、骨格をさきに書いてから肉付けする手順で書いてみたが、この程度の長さであれば人間の頭脳に一時に展開できることが判明したので、この作品ではシーケンシャルに書き進んだ。もちろん、まだデビューするまえのこと。したがって、誰が読むのか、確定していない。読んでくれるとしたら、娘か妻か……、それさえ期待薄、という状況。それでも、シリーズものとして書いていたのだから不思議である。

理由は、その方が楽だから、であろう。

とにかく、あまり苦労がしたくない。何事も合理的であってほしい。最適化したい。ストーリィをミステリィにしたのも、主人公を大学の教官にしたのも、あるいは、数学をテーマにしたのも、ひとえに、「楽だから」という理由だ。人は、自分にとって楽なもの、そして楽な道、を選べば良いと思う。それが適材適所で他人の役に立つことにもなる。そう信じよう。これがラクチンの法則。少なくとも、自分にとって何がラクチンなのかを探すことは重要だろう。また、逆の意味で、自分にとって最も苦労の多い道を探すことにも意味がある。つまりは、「ビジネス」か「修行」か、という両極だ。

大学の教官になって、（専門ではないのだが）数学の入学試験問題を作成する作業を何度か任された。受験生がせいぜい三十分で解く一問に二カ月以上の時間を使い、数人で議論して練り上げる。少なくとも、解く者の五十倍の時間は、その問題について考えている計算になる。これが問題提出者の仕事だ。もしかして、ミステリィ、否、小説でも同じだろうか（森はまだ見極めていない）。

解答者はひたすら答を求めれば良い。目標に向かってただ走れば良い（このルーチンの多くは機械によって代替できる）。ところが問題制作者は、あらゆる道筋をチェックし、あらゆる可能性を試し、あらゆる誤解を予測しなければならない。彼らが走る道を整備し、彼らが走るときに見るものを想定し、当然ながら、事前に自分で何度も走ってみる。結果として、採点時に「こんな解決方法があったのか」と感嘆することはまずない。さらに、何割が問題を正確に解くのか、どの段階まで理解されるか、平均点がどれくらいになるのかも、事前にコントロールされていなければならない。そのためにヒントも表現も厳選される。

このように、問題を提出する行為とは、問題を解く行為に比較して、格段に苦労が多い（ように見える）。

常々考えるのだが、学生に試験問題を解かせるのではなく、学生に問題そのものを作成してもらう、つまりテストを作らせるのが良いだろう。彼らにとってもこれ以上の勉強はないし、また、その能力を的確に評価できるにちがいない。ただし、おそらく、それができない学生がほとんどなのである。今の学校教育は「問題を解く人間」を生産することに終始しているからだ。

数学の先生に、テストのあとで学生が文句をいう。「こんなの簡単過ぎるよ、先生」「解けるわけないじゃん、難し過ぎる」そのいずれに対しても、先生はただ微笑むしかない。「君が作ってごらん」と言いたいところを我慢しながら……。

ミステリィを書くことは、ミステリィを読むことよりも苦労が多い。それが、この四年間で森が学んだことだ。これはラクチンの法則に矛盾している。

つまり、これは修行か？

「IN★POCKET」2000年7月号（講談社）Web版「幻の第1稿」

# 『まどろみ消去』もう一つのあとがき

これも収録漏れの一文。自作品について述べる場合、なにをどう書いても言い訳に取られるので恥ずかしいことだが、そのハードルを超えて走る競技だと思うしかない。

これまで二十冊くらい本を出したけれど、一度も「あとがき」なるものを書いたことがない。というのは嘘で、実は二回書いた。一度めはデビュー作の『すべてがFになる』。二度めがこの『まどろみ消去』。書いてみて、二回とも、「やっぱりやめておこう」という気持ちが強くなって躊躇なくボツにした。結局、森博嗣は、「あとがき」を書かない作家として認知されているし、その理由も書いたことがある。ところが、昨年出したエッセイ集『森博嗣のミステリィ工作室』では、『まどろみ消去』でボツにした「あとがき」をそのまま収録した。これは、その本にアクセスする読者が一部であること、さらに、作品を読んだ直後（あるいは直前）に読まれるわけではないこと、の二点で許容した結果だ。

そういうわけだから、ここに今から書こうとしている「あとがき」は、確かに標題のとおり、もう一つの「あとがき」にはちがいない。

この本は、犀川&萌絵シリーズが五冊続いたあとに出た初めての短編集だ。「今度の作品は?」ときかれ、「短編集です」と答えたとき、編集長のU山氏がかなり驚かれたのを覚えている。しかし、一九九六年四月にノベルスでデビューした時点では、既に五作めまでは脱稿していたので、短編集『まどろみ消去』は事実上、デビュー後に最初に執筆した作品ということになる。

自分の本が書店に並ぶ光景、というのは、想像は容易だが、なかなかシミュレーションの難しい微妙な印象であって、僅かかもしれないが影響はあったと考えられる。最初から人に読んでもらうために文章を書き始めたとはいえ、五作品のあと、デビューもできて、一ミリグラムほどの自信もついた、つまり「調子が出てきた」あるいは「調子に乗った」時期かもしれない。この辺りで一つ、自分らしさを前面に出してみようか、自分の可能性を試してみようか、などという欲も出た。

すべて書下ろしの十一作の短編は、互いに切り放すことはできない。これでまとまった一つの作品だと認識している。現在に至るまで、この本が最も自分に近く、一番好きだ。尊敬する萩尾望都先生からメッセージがいただけたことも望外の幸せである。文庫化に際して、森博嗣を嫌いになって見切りをつけたい方は、この一冊がうってつけだと思う。

「IN★POCKET」2000年7月号（講談社）

# 印税を受け取らない理由

初めて人様に薦めたい本ができたので、思い切った企画を考えついた。そのときの宣言みたいな一文。実際、読者からの提案に従い、千人の著名人に贈呈された。そのリストが、今も僕のウェブサイトに掲載されている。

『STAR EGG　星の玉子さま』発刊にあたって

文藝春秋から本を出すのは初めてのことです。今までに各社から百冊以上の本を出しましたが、今回の『STAR EGG　星の玉子さま』は、幾つかの点で特異な一冊といえます。たとえば、このように、自分の本について発行と同時に一文を書く、などということも初めてです。小説では、本の中にまえがきもあとがきも一切書きません。そういう姿勢でこれまできました。

絵本は、過去に数冊作りましたけれど、すべて他の方に絵を描いていただきました。ですから、『STAR EGG 星の玉子さま』は、初めて自分で絵を描いた、自分の絵を使った最初の作品です。これが見かけ上の最も大きな特徴だと思います。

しかし、本当の特異点は別にあります。この本は、「できるだけ多くの人に読んでもらいたい」と僕が考えた初めての作品なのです。そんなこと、当たり前ではないのか。作家たるもの、書いた作品を、上梓した本を、できるだけ多くの読者の手に取ってもらいたいと願うのは、ごく普通の感情だろう、と思われるかもしれません。しかし、正直にいいますが、僕は今回が初めてなのです。

これまでの百冊の本の中で、読んでくれ、と人に薦めた本はありません。読者に対しても、「面白いから、読んで下さい」と言ったこともないし、どこかに書いたことも一度もありません。それどころか、知人や親族にさえ、発行された本を進呈する、といったことはしませんでした。出版社からは、本ができると見本として十冊をいただけるのですが、それらは封をしたまま、僕の書斎に山積みされています。つまり千冊です。既にこの書斎は倉庫になりました。例外として、毎回本を送って下さる作家の方、二十人くらいに、お返しとして出版社から贈呈本を送ることはありますが、自分からすすんで送ったことは一度もなかったはずです。

読みたい、と向こうが希望していなければ、本をこちらから手渡すことは、とても恥ずかしい行為だと僕には思えました。だから、「できるだけ沢山の方に」といった発想にはなりません。読みたい人だけが手に取ってくれれば、それで充分だし、その人が支払ったお金の分だけでも満足をしてくれたら、それで本の機能は果たせるだろう、と自分では考えていました。

その姿勢は今も変わりはありません。これからも、しばらくはこんなふうでしょう。

そんな森博嗣ですが、しかし、今回だけは、みんなに読んでもらえたら良いな、と少し思いました。それはつまり、これならば、まあまあ恥ずかしくないかもしれないな、という気がちょっとしたからです。つまり、言葉にすると非常に傲慢な印象ですけれど、それは「自信」に近いものだと思われます。もちろん、発泡スチロールの小さな一粒みたいな、大変小さくて軽い自信ですが……。

そもそも、子供の頃から本を読むことも、文章を書くことも大嫌いでしたから、自分の能力として、小説の執筆にはこれっぽっちも自信を持っていません。出来上がった作品に対する自己評価は非常に低いものです。それに比べれば、僕は自分の描く絵が好きだし、子供のときから絵を描くことが好きでした。絵ならば、まあまあ恥ずかしくない程度のレベルにはあるのではないかと感じます。

ただ、他人から絵を褒められたことはほとんどありません。むしろ、下手だとか、不器用だと言われ続けてきました。学校の先生からも絵を褒められたことはないし、ようするに、まだ人に認められたことはないのです。しかし、自己評価では、「まあまあ良い」ということです。僕は、自分の評価は、自分一人でするシステムを採用しています。どこかに審査員を作ったり、大勢の多数決で、自分の評価をするような、民主的な制度は採用していません。僕の場合、自分の評価が絶対的であり、しかも明確です。逆に、他人に褒められても、貶《けな》されても、まったく気にならないし、自分の判断がそれで変わることもありません。子供のときから、そういう点では「余所見《よそみ》をしない子」だったのです。

つまり、こういったとても自分勝手で我が儘な価値観に基づいて、今回の本を人に薦めてみようと考えた次第です。もう少しやわらかくいえば、ようやくなんとか、人に薦められる本を、絵という（僕だけが認める）奥の手を使って作ることができた、というわけです。

さて、できるだけ多くの人に読んでもらいたい、という場合、どうしたら良いでしょう。そうやって、口で言うだけでは充分ではありません。そのためにはどう行動すれば良いか、を考えました。

簡単です。本を無料で配れば良いのです。この発想から、今回の絵本では、著者印税をゼロにしてもらい、逆に僕の方から資金を出版社に提供して、本を作ったり、宣伝をしてもらおうと考えました。もちろん、同人誌ではありませんので、出版社にも出版社のポリシィがあり、流通その他の制約も存在します。僕の申し出は、編集部で物議を醸《かも》すことになりました。

全国の書店に流通するものですから、本を無料にすることは困難です。本当に無料にしてしまったら、どれだけ本を作っても足りないし、僕以外に沢山の人が損をします。では、僕が出すお金を使って、新聞やテレビで広告を出してはどうだろうか。それも提案してみましたが、出版社の重役会議にまでかかって、やはり認められませんでした。出版社の立場はよく理解できます。そんな勝手なことを許していては、通常の出版業務に影響が出ます。変な前例を作るわけにはいかないのでしょう。でも、このようなやり取りの末、僕の本気が理解してもらえたようです。普段よりは広く宣伝をしていただけることにもなりました。

自己資金を出版や広告には使えないことになりましたので、次に僕が考えたのは、できた本千冊を僕が買い上げ、方々へ配って回ろう、という広報活動です。目的は、より多くの人に知ってもらうことです。ちなみに、これまで、自分の本を自分で買ったことは一度もありません。

印税をゼロにすることは認めてもらえました。これによって、本の値段は四割も安くなりました。願ってもないことです。常々、日本の書籍は安すぎると方々で書いてきましたが、今回だけは特別です。なにしろ、もともとは無料にしたかったのですから。

印税がゼロのうえ千冊の本を購入するのですから、当然ながら、僕としては赤字です。しかし、当初は、多額の宣伝費を支出するつもりでいましたので、それに比べたら、何分の一という安さです。文藝春秋の担当I井氏には、当初から無理、我が儘を言ってきましたので、このあたりが妥協点かという感じで、今は納得しています。

買い上げた千冊は、各方面で活躍している著名人に送ろうと思います。そうすれば、そのうちのほんの一部でも、もしかしたら他の人にこの本の噂をしてくれるかもしれません。少しでも、多くの方が目にとめてくれれば良いな、と思いますし、すべてはそのために実施したことです。

ところが、僕はテレビも見ないし、新聞も読まない人間ですので、現在の日本で、どんな方が著名人（特に、影響力のある人）なのかあまり詳しく知りません。一所懸命考えましたが、名前を思いつく人はせいぜい五十人程度でした。そこで、読者の方々に、インターネットで「この絵本を誰に送りたいか」という募集をすることに決めたのです。

この絵本を誰に送りたいか、そして、その理由を、メールで受け付ける予定です。そして、その中から僕が選んで、どんどん本を送ろう、というプロジェクトです。インターネットの僕のＨＰで、希望があった送り先を公表し、そのうち、どこへ実際に送ったかを、可能なかぎりリアルタイムで報告するつもりです。どうか、皆さんのご協力をお願いいたします。

また、送り先の住所を調べたり、実際の発送作業は、文藝春秋の方の手を煩わせることになります。たぶん、出版社としては元は取れるとは思いますけれど、考えてみたら余分な仕事です。この点では深く感謝をしています。

「本の話」２００４年12月号（文藝春秋）に掲載

# 僕の小説の読み方

新しい小説雑誌が始まり、以前僕の担当だった木村由花氏が編集長になった。いろいろとお世話になっていたため、「お願いを断らないカード」をプレゼントしたが、そのカードを彼女が使ったので書くことになった文章。

文字を読んで物語を頭に入れるとき、僕はそこで映像を思い浮かべる。そして、この映像が記憶される。また、かなり詳細な映像を展開するので時間がかかる。したがって、本を読むのがとても遅い。最近、小説を自分で書くようになったけれど、これは、頭の中で見ている映像を書き留めるだけの行為なので、比較的簡単だ。ただし、指がそんなに速くは動かないから、それで執筆速度が制限される。結果的に、読む速度と書く速度は、僕の場合ほぼ等しい。読む方が頭を使うし、体力を消耗する。だから、そんなに小説を沢山読むことはできない。若い頃には体力があったのか、今よりは沢山読んだ。それでも、一番多く読んだ頃で、一カ月に一冊か二冊。最近などは、一年に二、三冊がせいぜいだ。

僕は小説を二度読むことはない。一度読み込んだ映像を忘れることはまずないから、その意味では再読をする理由が僕にはない。けれど、文章を記憶しているわけではない。フレーズなどは覚えていないし、固有名詞もほとんど思い出せない。文章とは、情報伝達に必要なプロトコルに過ぎないと考えている。頭に残るものがコンテンツであり、文章も、そして小説さえも、すべてメディアである。

小学校の四年生までに、課題図書というものを何冊か読まされたおかげで、本なんてもう大嫌いになった。読むのに時間がかかるし、悲しくなりたくないのに悲しい思いをしたりしなければならない。自分に関係のない事柄や感情が、無理矢理僕の中へ入り込んでくるのが不愉快だった。支配されている不自由さを感じた。自分が読みたいと思った本でなかったということが、大きかっただろう。

それ以外にも、当時の僕には知りたいことが沢山あった。最初は周囲の大人たちにきいていたが、そのうち、案外大人はなにも知らないことがわかった。それで、図書館で本を借りて、小説ではない本を読むことにした。そこには無限の知識があるように思われた。

エジソンの伝記を読まされたけれど、そんなものよりも、エジソンが発明した技術に関して記述された本の方が、十倍も百倍もエジソンの偉大さを示していた。そして、そこにはさらに展開する道理があった。応用ができる理論があった。だから、本を読んだあとにも僕の中で世界が消えることがない。また、別の本に書かれていたこととつぎつぎとリンクする。科学という大きな一つの世界が描かれていたのだ。

僕は、ほとんどの科学知識をすべて本から学んだ。学校で教わったことはない。授業で聞くものは、単なる固有名詞の羅列に過ぎなかった。学校の勉強は、辞典を丸暗記しているようなものだ。面白いはずがない。勉強は大嫌いだった。本当に嫌々《いやいや》やっていたし、サボってばかりいた。

小学生のとき、電子工学の本を読んだが、本当に面白かった。そこにはスリルやサスペンスがあった。どきどきするような意外な展開の連続だった。新しい言葉ではなく、新しい道理がそこにある、ファンタジィの世界みたいに。

小説もときどきは読んだ。相変わらず映像展開に時間がかかったものの、元が取れる面白さ、斬新さに出会えることも稀にあった。特に海外の小説には面白いものが多かった。僕は、一度読んだ本はそのままゴミ箱に捨てていた。だから、若い頃に読んだ本は一切残っていない。

実は最近、三十年ほど昔にレコードを買って聴いていたアルバムを、ＣＤで買い直している。どうしてかというと、ステレオアンプを幾つか自作し、ちょっと高級なスピーカを鳴らしてみたら、これまで経験したことのない音が片隅で鳴っているのに気づいたからだ。古いアルバムも、若いときに聴いたよりもずっと鮮明で、個々の音が独立して弾んでいた。当時はこんなに響かなかったな、と感じている。これは、明らかにデジタル技術と、そしてアンプやスピーカの性能が高まったおかげだ。

これと同じように、自分の頭の中のアンプが性能アップすれば、同じ本を読み直しても、違う映像が見られる可能性はたしかにある。もしかしたら、性能がダウンしているかもしれないけれど、それでも同じく、初めての映像を経験できるかもしれない。映像記憶も劣化しているから、そろそろ読み直してみても悪くはないな、と思うようなノスタルジィを感じさせる小説も、幾つかあるにはある。さて、どうしようか。

それでも、たぶん小説は一年に、せいぜい読めて三冊だろう。死ぬまでに読めるのはほんの数十冊である。半分は再読に回すか、くらいに考えている。僕の読み方は、そういう読み方だ。

『yom yom vol. 2』２００7年2月27日発行（新潮社）に掲載

# ミステリィについて思うこと

小説界を卒業しても良いな、と考えていたが、その空気が出版界に伝わったため、今のうちに依頼しよう、といった感じで頼まれたように覚えている。期待に応えて、(いつものことだが)歯に衣着せぬ文章となっている。僕としては、これが「愛」だが、そうは受け取ってもらえないだろうか。

地味なタイトルにしてしまった、と最初から気が引けている。「ミステリィつれづれ」とか「ミステリィの散歩道」くらいが無難だったかもしれないが、あまりにも「ありすぎ」のタイトルなので逆に気が引けてしまう。ミステリィに関係することで書いてほしいとの依頼を受けたので、そのとおり素直に書こう。

僕は、そもそもミステリィにそんなに詳しい人間ではない。ミステリィの研究をしたこともないし、ミステリィと呼ばれているジャンルの本をせいぜい数百冊読んだだけだ。「呼ばれている」とわざわざ書いたのも、何がミステリィなのか、どの範囲をミステリィと呼ぶのかわからないし、そんなことを決める必要にも迫られていない。

自分が「ミステリィ作家」と呼ばれていることは煙のように仄かに認識しているが、別段気にもしていない。なにしろ、僕の近所の人も毎日会う人も、僕が作家だとさえ知らないのだから。

何なんでしょうね、ミステリィって。

小説はあまり読まないのだけれど(具体的には、読む本のだいたい五十冊に一冊が小説)、小説の中ではミステリィっぽいものが好きだ。理由は簡単で、この種のものは、映画よりも小説の方が抜群に面白いことが多いためである。SFも大好きだけれど、SFになると映画がだいぶ面白くなる。もっとも、昔の映画はこの反対で、ミステリィ仕立ての映画がやたら面白かったし、逆に、SFはほとんど今でいうB級で微笑《ほほえ》ましいものばかりだった。

僕は、子供のときはあまり本を読まなかった、というか、読めなかった。中学生くらいから、ぼちぼちと読み始め(最初のきっかけはエラリィ・クイーンだ)、高校生くらいにはまあまあ人並みに読めるようになっていたと思う。しかし、読書を趣味だといえるようなレベルでは全然なかったし、まして文芸部とか、ミステリィ研究会とか、そういった人たちに近づいたことは一度もないし、友人と小説のことで話し合った経験も記憶にない。単に個人的な楽しみでときどき読んでいたにすぎない。現在でも、一日に数時間は本を読んでいるが、小説は年に三冊程度である。小説というのは、作りものの物語だ。いわば「嘘の世界」である。だから、そんなものにわざわざ自分の大事な時間を消費することに抵抗を感じる人はとても多い。多数決を取れば、たぶんそちらがメジャだろう。なにしろ、読んでも正しい情報はなにも得られない。だから、賢くなれない。そう考えている。実は、僕自身が同じように考えていた。本というものは、情報を得て、知識を豊かにするために存在するものだと思っていたし、本当のことを言えば、今でもこの評価が約五十分の四十九を占めている。こんなふうに考えるようになった一つの原因は、小学校の国語教育の圧倒的な「つまらなさ」にある、と僕は今でも恨《うら》んでいる。

中学生のときにたまたま自主的に本を買い、偶然にも最初にミステリィ小説を手にしてしまったので、少なくとも僕は幸運だった。小説を読む楽しさを知らないまま人生を終わるよりは、多少は、ほんの少し、まあ無視できる程度だけれど、ちょっとした幸せを知ることができたからだ。

もちろん、「ミステリィ」というジャンルがあるなんて知らなかった。エラリィ・クイーンがどれくらい有名かも知らない。選んだのはタイトルが面白そうだったからだ。

読み始めて、そこに提示されている「謎」にびっくりしてしまった。「何だ、これは？」と焦《あせ》った。わからないのだ。それまでに読んできた本というのは、読者に説明をする文章だった。わかるように書いてある。ところが、この本は「わからないように」書いてあった。当然、説明しなければならないものを説明せず、順序立てて語ってくれない、謎をそのままにしてどんどん話が進むのである。なんという意地悪な文章だろう、と驚愕した。だから、中学の国語の先生のところへ相談にいった。

「先生、ちょっとこのページを読んで下さい。これ、どういう意味でしょうか？」と質問をした。

職員室の先生の机の横に僕は立っている。中学一年生である。職員室のほかの先生たちもこちらを見ていた。

国語の先生は赤い顔をした四十代で、いつもズボンの後ろにタオルをぶら下げていた。先生は、僕の本を手にして、そのページを読んだあと、僕を睨《にら》んだ。

「なんだ、お前、こんなもの読んでいるのか」そうおっしゃった。

「意味わかりますか、それ。どう理解すれば良いですか？　ここに……」僕はある文章を指さす。「この些細《ささい》な事実って書いてありますよね、これは何を示しているのですか？」

「そんなことは、この先を読めばわかるだろう」

「でも、代名詞があるってことは、それよりも前に示すものがあるわけでしょう？　そう習いました」

「これ、探偵小説だろう？　まあ、とにかく、最後まで読めって。そうすればわかるから。それでも、わからなかったら、作者が悪いか、お前が悪いかだ」

「それは、どっちかだと思いますけど」

「こんなもん、絶対に試験には出んから、大丈夫だ」

何が大丈夫なのかよくわからなかったものの、僕はそれで引き下がった。

国語の先生がおっしゃるのだから、たぶんこのまま読み進めればなんとかなるのだろう。そういう「騙されたと思って」状態で最後まで読んでみたら、なんと、たしかに謎が解決した。ちょっと無理があるように思えなくもないけれど、めちゃくちゃ「狡《ずる》い」というほどでもなかった。作者はこれを「フェアプレイ」と強調し、「読者への挑戦状」なる大袈裟《おおげさ》なものまで提示しているわけだが、それは少々やりすぎだろう、と思った。でも、少々やりすぎくらいのものがエンタテインメントとしては面白いらしい。当時TVで圧倒的に人気があったドリフターズを見れば、それがよく理解できた。

僕的には「まあまあ面白いんじゃないのか」くらいには感じたのである。ちなみに、国語の先生のところへは事後報告にはいっていない。先生からどうだったときかれた覚えもない。

こうして、しばらくその作者のものを読み続けた。だんだん面白くなってきて、五作めくらいが一番素晴らしく感じた。それは、作者も脂《あぶら》が乗ってきた時期の作品だったかもしれないが、それ以上に僕が読者として慣れたせいだろう。しかしその後は、謎とその解決という、いわゆるミステリィ的な仕組みには飽きてしまい、だんだんと別のものを求めるようになった。同じ作者（エラリィ・クイーンである）の作品も、その兆候（だんだん、ミステリィらしくなくなっていく傾向）が見られた。

ミステリィは、途中で読むのをやめることが難しい。最後まで読まなければ気持ちが悪いのだ。僕の場合も、それが理由で最後まで読んだ。読後、「ああ、なるほどね」と思ったし、けっこう面白いかも、と感じた。同じ感覚が味わいたくてミステリィばかり続けて読んだが、だんだん、同じ感覚は味わえないことが理解できてきた。つまり、ほとんどのパターンを予測できるようになってしまうし、トリックやオチだけが、小説の価値ではない、ということも少しずつわかってくる。小説というものの面白さが感知できるようにもなった。

このように、ミステリィというのは、小説を読めない人を導く（もっと具体的にいえば、読むのを中断するのを防ぐ）ための優れた機能を持っている、と僕は思う。

野球で喩《たと》えるのは、僕よりも少し上の年代の特徴で、今の若者にはあまり馴染《なじ》みがないかもしれないが、ジョークのつもりで喩えてみよう。「野球なんて九イニングも長々と見続けるのが退屈だ、そんなもの見たくないよ」と思っていた人が、なにかのきっかけで観にいく。もう試合は決まったと思っていたら九回の裏のツーアウトから逆転さよならになる。「どんでん返し」である。「野球ってこんなに面白いものだったのか、ではもっと観よう」と考えるのだが、残念ながら野球には「どんでん返し」というジャンルはないから、いつもどんでん返しがあるわけではない。しかし、一度そういった体験をすると、期待を持って試合を観ることができるようになる。

これと同様に、とにかく物語を最後まで読めば、なにがしかの充実感が味わえる、ということをミステリィはとても易しく教えてくれるのだ。これで、物語という架空の出来事を読みたい気持ちが育つ。しかし、野球でも「通」になれば、○対○の投手戦が一番面白いとか、どんどん違う楽しさを見つけ出すように、物語も「どんでん返し」だけが魅力ではないことに気づき、それぞれに自分なりの好きな小説を読むようになっていく。世の中には無数の小説があって、ベストセラになった名作から、ほとんど売れなかったものまで各種取り揃っているけれど、どんな作品でも「これが今までで一番面白かった」という読者は必ずいるのである。

ただ、ミステリィには構造的な矛盾というか、生来抱えているジレンマがある。これは簡単にいえば、「どんでん返しがある」と約束されていることが「どんでん返しではない」という矛盾だ。トリックというものは、トリックがあると疑ってかかる人にとっては、もはやトリックではない。オビに「ミステリィ」と書いてあるミステリィは、「びっくり箱」と書かれたびっくり箱のようなものである。もちろん、読者の予測を上回る、あるいは外すことは可能かもしれない。簡単な例を挙げれば、どんでん返しがなく、トリックもなければ、読者は驚くだろうが、そういう「期待外し」は一般には認められていない（森博嗣という作家がやったことがあるらしいが）。

江戸川乱歩《えどがわらんぽ》も書いていたと思うけれど、最後にオチがあることがミステリィの最大の弱点（欠点）でもある。オチがあるために、作品の重厚さ、価値、芸術性が消え失せてしまうように多くの人が感じる。「なんだ、探偵小説か」と一瞬で「白けて」しまう、ということらしい（僕自身は、そこまでは思わないが、この感覚は理解できる）。たとえば、『吾輩は猫である』の語り手が実は人間で、居候の渾名《あだな》が「猫」だった、ということが物語の最後に明かされたら、「おお、これは凄《すご》い」と膝を打つ人と、「何なんだ、これは」と舌打ちして、「二度と夏目漱石《なつめそうせき》など読むか」と思う人がいるだろう。「騙された」だけで、本当に腹を立てて出版社に苦情の電話をかけてくる人だっているのである。ちなみに、これだけの知能があるのだから猫のはずがない、と考えるのがまともな神経だと思う。僕はそう疑いながら読んだので、ちっとも面白くなかった。二度と夏目漱石なんか読むものか、と思った。

そうはいっても、小説に慣れていない人には、やはりミステリィのリーダビリティは効果的であるし、また、まったく同様に、小説を書き慣れていない人には、ミステリィのライタビリティは顕著だと思われる。現に、僕が最初に小説を書くときミステリィを選択したのは、「そこにミステリィがあったから」ではなく、「ミステリィが書きやすかったから」にすぎない。

いわゆる普通の俳句と、駄洒落などを盛り込む川柳との比較にも類似しているだろう。芸術的なものは、最初は取っつきにくく、何が良いのか、どこが優れているのか、どう感じれば良いのか、がわかりにくい。なぞなぞ的（すなわち形式的）な技巧を盛り込むことで、この難しさが緩和され、「なるほど」と腑に落ちる読後感をもたらす。それを創る側も、形式的・技巧的なものの方が考えやすい。

最初はそうなのだ。しかし、多くを読み進むうちに、その創作の「価値」が自分なりに評価できるようになる。結果として、それは「オチ」や「駄洒落」よりも高尚なものと捉えられている。世間ではそちらの方が芸術性が高いと評価されるのも事実で、そういう感覚が多数だし、困難なものの方が価値が高くなるのは自然だろう。

もちろん、その形式的・技巧的な（なぞなぞ的な、クイズ的な、パズル的な）ミステリィにずっと固執する人も少数ながらいる。「少数ながら」という表現は適切ではないかもしれないけれど、そもそも小説を読む人口が少ないのだから問題ないと思う。若いときにミステリィに目覚め、その後一生ミステリィばかり読んでいる、という読者だってたぶんいるはずだ。そういう人を満足させるだけの作品数は（翻訳ものを含めれば）きっと充分に存在するものと想像する。これは、なにもミステリィに限ったことではない。SFでもなんでも、一生読むのに充分な作品数が既に存在している。名作は選り取りみどりだ。「この分野は今のところ未開である」とか、「需要に供給が追いつかない」というようなことはまずない。この「飽和」の理由は、創作というものが他の製品に比べて「古くならない」からである。否、古くはなるが、腐ることはない。

生粋《きっすい》のミステリィマニアは、そのジャンルに既に存在する名作を読破しようと思えば良いし、またそのジャンルに飛び込んで創作したい人は、その名作が比較的手薄な箇所を想像して書く（割り込む）以外にない。

しかし、多くの読者は、先述のようにミステリィが持つ技巧性に飽きてしまうだろう。それでも、ミステリィの中に自分なりの価値を見出そうとする。たとえば、キャラ萌《も》えなどもこれに当たるが、少なくとも小説の魅力としては非常に正統なもので、トリック萌え、オチ萌えといったミステリィ限定の指向よりは小説読みの本流だと思われる。世界最古の日本の小説を思い浮かべてもらえば理解が早いだろう。

ミステリィマニアが陥りやすい症状とは、「面白い」ことよりも「ミステリィらしい」こと、つまり「形式」を求める傾向だ。「これ、面白かったけれど、ミステリィじゃない」みたいなことを言う人がいる。耳にしたことはないだろうか。こうなってくると、ミステリィを探すために小説を読んでいる状況になる。「余は面白いミステリィが読みたいのじゃ。すぐに探してまいれ」という王様の家来か、あるいはそれに近い他者（たとえば、ミステリィ研究会の先輩）や自分自身に支配されている人にちがいない。

さて、ミステリィを生産する立場の人間はどうすれば良いだろうか。その答は簡単である。一言でいえば、「面白いもの」を創ればそれで良い。さらなる志があるならば、「新しいもの」を常に模索する以外にない。「ミステリィらしいもの」を創ろうとしても、かなり難しい。せいぜい旧作の焼き直しになるだけである。どんな分野であっても、これはまったく同じだと思う。形式を守り続けるという「伝統芸」も大事だけれど、皆が全員で伝統芸を追求していたら、ジャンルはじり貧になっていくばかりで時代から取り残される（伝統的価値はあるが、保存の対象になる程度の希少性が価値の大部分であることを忘れてはいけない）。

新しいミステリィとは、どんなものだろうか？

そんなものは、読者は誰も求めていない、ということは事実である。それは、作り手が求めるべきものだ。作家が開発し、読者に提示すべきものである。読者は、すぐにはその価値を認めないだろう。受け手は、どの時代にあっても保守的だから、これはいたしかたがない。しかし、いずれはその新しさを認めることになる。創作が持つ力とは、本来そういうものだと信じる。

もともと、僕はデビューするまえには海外のミステリィばかりを読んでいて、国内のミステリィは合計しても二十作品くらいしか知らなかった。デビュー後は、見本がどんどん届くから、そのうちの一部（百冊に一冊くらい）を読んだ。これまで、トータルでたぶん六十冊くらいは読んだか。数としては、海外のものの一割くらいになっただろう。

デビューまえに一番好きだったのは、コリン・デクスターとピーター・ラヴゼイで、ブリティッシュ・ミステリィである。もちろん、中学と高校でほとんど読み尽くしたエラリィ・クイーンも大好きだった。新しいところでは、デイヴィッド・ハンドラーに注目していたから、自分の創作には彼の要素を参考にした。しかし、これらの翻訳ミステリィを最近書店ではほとんど見かけないし、つい十年くらいまえの作品が早くも絶版になっている。「寂しいかぎりである」と書きたいところだけれど、僕はもう読んだわけで、寂しく思う理由がない。

たぶん、ハンドラーは「面白いけれど、ミステリィではない」のがいけなかったのだろう。映画やドラマを意識したエンタテインメントになっているのは確かだ。しかし、会話は洒落ていて、人物の思考が最高に面白い。近作の別のシリーズはさらに映画的になっている。おそらく、まえのシリーズのファンは、「ホーギーが出てこない」というだけで否定するかもしれないが、物語自体はより複雑で面白くなっているし、僕は新シリーズも大好きだ。

それにしても、海外ものでベストセラになっているもの（たとえば、『ダ・ヴィンチ・コード』とか）は、とにかく映画的すぎる。映像に近づきすぎて、小説としての魅力がかなり犠牲になっていることは否めない。先日、『数学的にありえない』を読んだが、映画のシナリオを読まされているような気分になった。「これより映画を観せてほしい」と感じただけだったし、それ以前に全然といって良いほど「数学的」ではなかった（だから「ありえない」なのか）。

森博嗣のルーツ・ミステリィ100（『森博嗣のミステリィ工作室』）を選んだのは、十二年ほどまえだけれど、その後に読んだミステリィで一番面白かったのは、トム・フランクリンの『密猟者たち』である。これは珍しく友人にすすめまくった。読んだときには、「そうか、アメリカのミステリィはここまで進んでいるのか」と感じずにはいられなかった。こういうものがアメリカ探偵作家クラブで賞を取る、という点が凄い。しかし、残念ながら日本ではほとんど話題になっていないし、既に手に入りにくい。

このほかでは、映画になってしまうが、相変わらずデイヴィッド・リンチが新しくて面白い。映画なのに奇跡的に小説的なのだ。『インランド・エンパイア』などは素晴らしかった。本来、小説家が書かなければならなかった作品のように感じて、「してやられた」感が強い。

日本のミステリィ界では、新しいミステリィが模索されているだろうか。「模索すべきだ」と言えば、たぶん言いすぎだろうから、もう少し声を小さくして、「新しいミステリィを模索するような一部があっても良いのではないか」というくらいにしておこう。たとえば、よしもとばななのある（けっこう古い）小説などは、新しいタイプのミステリィとして読めたし、ミステリィの賞を取ってもおかしくないレベルだと感じた。しかし、誰もそんなふうには読まないわけで、日本人は「ミステリィ」という形式の「固着」に拘《こだわ》っているようにさえ見える。「ミステリィ」というジャンルは世界ではほとんど認識されていない。日本のミステリィは、オビに「ミステリー」あるいは「ミステリ」と書いてあるのだ（そうか、諸悪の根元はオビか！）。そういう規格があるようにさえ感じられる。たぶん、その表記も、そしてオビも、やめた方が良いだろう。

　もっと違ったタイプのものを「ミステリィ」として受け入れるにはどうすれば良いのか。そういう作品にミステリィの賞を与えるのか。だが、賞を取ったからといって、それで解決するわけではないし、おそらく話題にもならないから、効果は小さいだろう。けれど、そういった細かい地道な「姿勢」が何年かあとに実を結ぶのではないか、という予感が少しだけある。○・一ミリグラムくらいだが。

　つれづれに書いてみたが、まったく筋のない、無駄話になってしまった。したがって、「読んで損をした」という無駄を大事に味わっていただければ幸いである。小説の醍醐味は、この無駄さにあるといっても良いからだ。警鐘を鳴らしたりするつもりは毛頭なく、それどころか、一石を投じたいとさえ思わない。まあ、敢えて書けば、「警鐘を投じたい」みたいな引き具合である。こうやってオチをつけるから台無しになる。

面白い小説は一年に三冊あれば充分という人間が書きました。あしからず。

『オール讀物　創刊80周年記念編集　オール・スイリ』２０１０年12月15日発行（文藝春秋）に掲載

# 谷崎潤一郎はよく読んだ方

高価な本の中に挟まれた小冊子に掲載されているから、読めなかった人が多数だろう。図書館に入る本だとは思う。僕は、谷崎はすべて文庫で読んだ。ここに書いたとおり、一番好きなのは日記である。

僕は、世間では小説家として認識されているけれど、日頃、小説をほとんど読まない人間だ。小説を読むことも書くことも趣味ではないし、家には本棚さえない。一年に、二冊か三冊くらいしか小説を読まない。若いときには、今の十倍ほどは読んでいた。比較的面白いと感じたのは海外のものであって、日本の作品は少なかった。たぶん、学校の教科書で「読まされた」ために嫌になってしまったのだろう。とにかく、国語が大嫌いだったのである。

さて、数少ない例外の中で、まあまあ読んだといえる日本の作家は、谷崎潤一郎と筒井康隆の二人である。たとえば、夏目漱石は最後まで読んだことが一度もない。森《もり》鷗外《おうがい》で五作くらい。ようするに、小説読者としてまったくの素人。その程度の人間なので、一般の方、特に小説が大好きだという人に向けての話はとてもできない。

何故、谷崎や筒井は読めたのか、というと、短編から入ったからだと思う。谷崎の初期の頃の作品は、西洋的な香りがあった。翻訳ものの短編集を好んだ読み下手な僕に合っていた。あるいは、「形としての美」を描く文章が明解で良かった。日本人らしくない感覚だとも思えた。谷崎がそういったものを書いたのは、きっとそうさせる時代だったからだろう。たまたま最初に巡り合った相性の一致で、僕は、同じ作者のものを求めたにすぎない。

僕は映像思考をする人間なので、人の内面の描写とか文体とかではなく、あくまでも可視化された美、すなわち形の美に馴染みを覚える。さらに、それを捉える職人的な精度の高さにおいて、谷崎は際立っているとも感じた。これは、もう一人の筒井康隆も同様である。見えるもの、姿のあるものを描写する鋭さで、共通している。

言葉の美しさよりも、言葉が示す先にある美しさを、僕は見る。言葉とは、そういう役目のものだと理解している。

もちろん、谷崎にはそうでない作品もあるし、後期にはむしろ日本的な内面の美へと視点の向けどころが変化しているようだ。年齢によるものか、時代によるものかはわからない。ほかの小説作品と比較ができないので、観測はできても相対評価が難しい。ただいえることは、そのような変化もまた、際立った観察眼によるものであり、また多分に技巧的であって、美しさを探求する「誠実さ」を強く感じる。

ところで、谷崎作品で特に好きなのは、小説ではなくエッセイだ。小説はすべてを読み尽くそうとは思わなかったけれど、エッセイは文庫で読めるものはほとんど読んだ。もっとも、谷崎はエッセイが少ない作家だと聞いている。僕が一番好きなのは戦争中に書かれた日記だ。何をいくらで買ったとか、汽車の切符をどうやって手に入れたかとか、そういった事細かな記述から、彼の几帳面さを知ることができる。また、谷崎が探偵小説を文芸として低く見ていたことも、エッセイにときどき出てくる。僕は、探偵小説が好きだったので、その分野で仕事をしているのだが、谷崎の主張にまったく異論はない。

谷崎は、最も読んだ日本の作家なのに、僕は、これといって谷崎の作品で人にすすめるようなものを知らない。つまり、これは傑作だ、と思ったことがないのである(ちなみに、筒井康隆の作品にはそれがある)。でも、ついついまた谷崎を読んでしまう。読めば得るものが多かった。別の言葉で言えば、「勉強になる」作家である。

谷崎潤一郎の印象というのは、職人気質《かたぎ》の生真面目さと精密さ、考え抜かれて仕込まれた技の冴えにある。これは、多くの谷崎考とは相容れないかもしれない。たとえば、谷崎作品の妖婉《ようえん》さが語られ、また作家本人の奔放さを話題にしているものが一般的だ。でも僕は、おそらくそれは本質ではない、と受け止めている。これだけのものが書ける人間は、やはり頭脳明晰であり、抜群の記憶力を持ち、なによりも誠実、そして正義や礼儀を知っている人のはずだ。エッセイにはそれらが真っ直ぐに現れている。

多分に影響を受けているはずだけれど、しかし、真似をしようとは思わない。近づくのではなく、できるだけ避けた方が良いと感じる。「影響」とはそういうものだろう。

『谷崎潤一郎全集　第23巻』２０１７年3月9日発行（中央公論新社）月報に掲載

# 第3章

# 森人脈

## 作品解説から

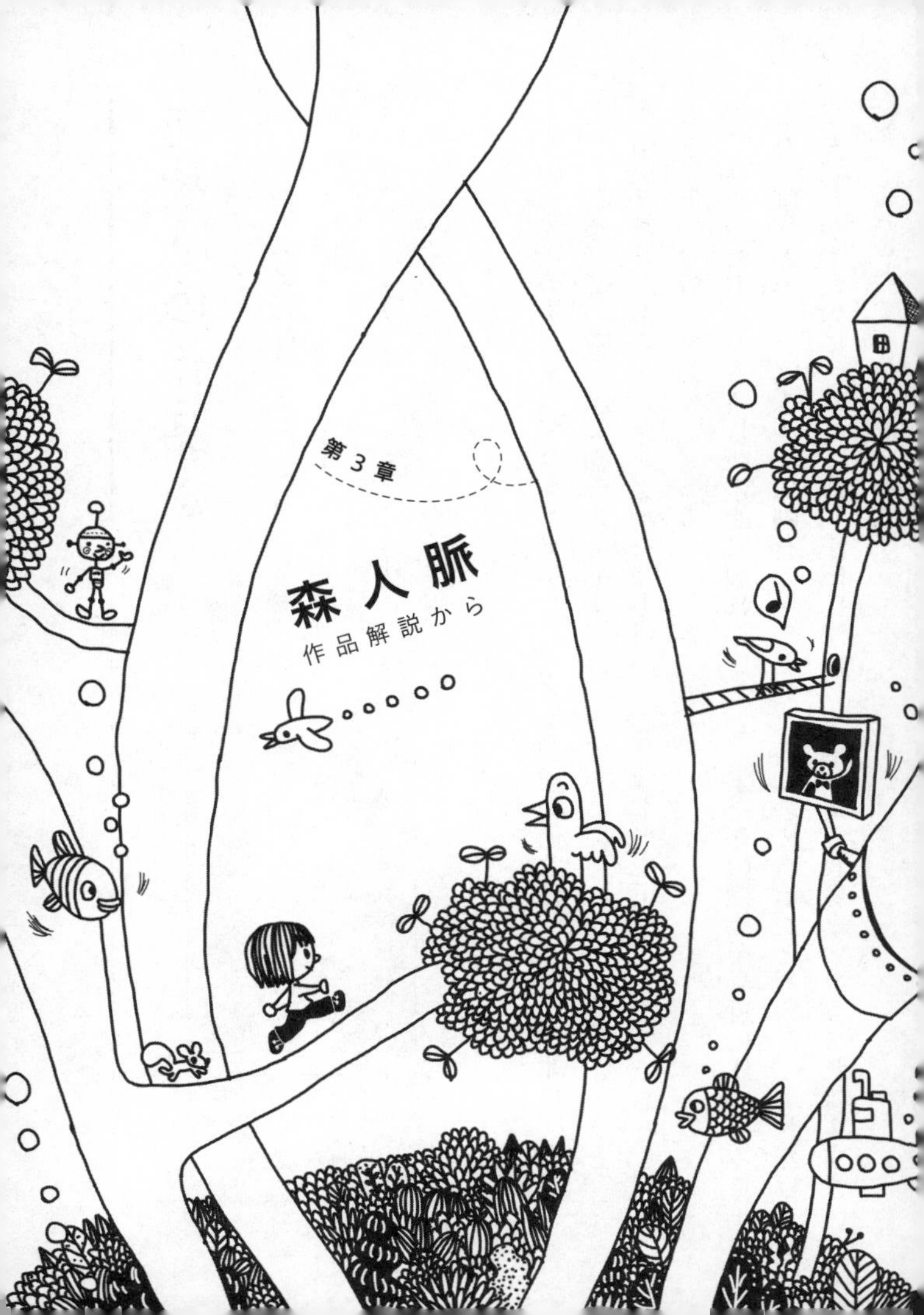

# 何故この作品を

漫画の本の解説の一文。漫画なのだから、解説も漫画にすれば、というわけにはいかない。原作者だから書きにくい面もある（恥ずかしい）。でも、自分の作品を映像化されるのは、基本的に嬉しいことだ。それだけは、確かだと思う。

『冷たい密室と博士たち』
森博嗣・原作　浅田寅ヲ・作画
バーズコミックス スペシャル（幻冬舎）
2003年12月刊

浅田寅《あさだとら》ヲ氏の手によって『すべてがFになる』が漫画化されたことは、非常に幸運だったと感じている。僕（森のことです）は、とてもついていた。何故かというと、浅田寅ヲだったからだ。シンプルな理由だが、これは本当に正直なところであるし、これ以上の分析はできない。

　こういった力のある新しい才能に触れることも、またその機能を身近に体感することも、創作というフィールドに固有のダイナミクスとして貴重だと考える。それだけでも嬉しかったのに、もう一作、浅田氏が続けて描いてくれるという。これはますます嬉しい。

そこで、僕は、それとなく『数奇にして模型』を推したのだ。これは、犀川《さいかわ》&萌絵《もえ》シリーズの九作めで、わりとビジュアルなキャラも登場するし、適度に見せ場や盛り上がりもあって、また人知れずバイオレンスな面もないわけではないし、アクションっぽい部分もそれなりにあったりする。自分で言うのは恥ずかしいけれど、浅田寅ヲに描かれる題材としては、まあまあそこそこ相応《ふさわ》しいのでは、と思ったからだ。

それというのも、浅田氏が僕の家に遊びにきたとき、「私はバイオレンス作家ですからね」と口にされたことが妙に気になっていたためで、もうその一言がずっと頭の中で反響してしまったほど印象深かったし、今はそのエコーが森家の軒の下で巣を作っていたりするくらい確固とした形を成しているのだが、僕の作品に、欠けているものがあるとしたら、それはバイオレンスではないだろうか、書けていないものがあるとしたら、それはアクションではないか、と常々ぼんやり考えていた（ことがあったような気がする）のだ、みたいに洒落《しゃれ》半分でこっそり告白などしたりして、どうも文章が冗長だなあ、わざとか？　といった反省も含めて、いろいろと感慨深いところではある。

逆に、浅田作品に最も馴染まない、つまり適さないのが二作めの『冷たい密室と博士たち』だと直感した。だからこそ、あえて原作者の意向として、「九作めなんかいかがでしょう?」と極めてさりげなく慎ましく紳士的に奥床しくこっそり申し出たわけである。それにもかかわらず、つまり原作者の意志をハードルのように軽々と飛び越えて、『冷たい密室と〜』で来たのだ。これは、なかなかどうしての意志の強さだと感心したし、何が彼女にそうさせたのだろうか、と当然ながら訝《いぶか》しげに首を捻《ひね》った(常套句)。考えられるのは、当時担当だったK松氏の趣味ではないか、ということ。しかし、喜多《きた》助教授を描きたい、喜多助教授を見たい、というだけならば、『数奇に〜』の方がずっと格好の良いシーンがあるわけで、したがって理由としては弱い。何だろう? 単に、一作めの次は二作め、というだけの単純だったのか……。

本作品は、実は森博嗣の処女作であり、最も本格ミステリィの古典的な骨格に準じた作品といえるだろう。前作の『すべてが〜』はもともと四作めだった。それが、出版時に四、一、二、三の順に変更になったため、デビュー作ということになっているだけだ。したがって、その後のすべてを振り返っても、シリーズ一作めと二作めのギャップが最も大きい。二作めは、堅実で地味で、よくあるパターンのミステリィに徹している。無難で大人しい作品だ。特に、それが顕著なのは「動機」だろう。

だから、この作品が漫画化されるとは想像もしていなかった。確かにそうだった。

だがしかし、一方では、浅田氏が描いた本作に目を通して、全然違和感が生じなかったことに大変驚かされた。それは、一作めで確立されたイメージがもちろんある。キャラは、既に独立して生きているし、たとえそれが森博嗣が作ったキャラと微妙に違っていたとしてもまったく問題はない。その方がむしろ新鮮で、原作者としても楽しかったりする。ただ、全体の流れが非常にスムーズに頭に入ってきたことが意外だったのだ。何故ならば、小説作品の方はこれほど滑らかではない、という印象を持っていたからだ。おそらく、処女作だからだと思う。つまり、生まれて最初に書いた小説なので、きっと小説としての充分な流動性を持っていなかったのだろう。作った本人がそれを一番感じるはずだ。

僕は、それまでずっと漫画を描いてきたし、今でも小説のシーンはすべて映像で作る。最近こそようやく、自分はもしかしたら小説家かもしれないな、と疑い始めているが、それでも、小説の創作に対しての技量にはまったく自信がない（自分では、漫画の才能は天才的だと考えている。何故多くの人はわかってくれないのだろう、と不思議に思う）。したがって、処女作のときにも、当然僕は漫画を描くつもりで、これを書いたのだ。たとえば、本作は投稿したときの最初の原稿では、時間の流れを前後でバラバラにして、シーンを断片的に見せる構成だった。これは非常にわかりにくいため、自主的に、出版時には時系列に並べ直した。小説の作法がよくわからず、いろいろと無理や無駄があったと記憶している。だから、こうして今、浅田氏が描いてくれた作品を見ると、自分で書いたのに、文章になったときに残っていた違和感、それがない。むしろ懐かしいとさえ思える。僕のそもそものイメージに非常に馴染んでいる。さらに失礼を覚悟で言うならば、その僕の架空の漫画に、浅田氏のフィーリングが近い、ということかもしれない。

いずれにしても、浅田寅ヲで良かった。今もそう思っている。何故なのか、言葉にはならないけれど、少なくとも、どんな言葉よりも、本作を読めば、それがわかる。

『冷たい密室と博士たち』（森博嗣・原作　浅田寅ヲ・作画）巻末エッセィ

# 装丁家・辰巳四郎が遺した名作たち

天才的な作品とは、それを待ち受ける人たちの期待を裏切るものだといえるだろう。

『まどろみ消去』
森博嗣・著
(講談社ノベルス)1997年7月刊

『四季　夏』
森博嗣・著
(講談社ノベルス)2003年11月刊

『黒猫の三角』
森博嗣・著
(講談社ノベルス)1999年5月刊

アートではなく明らかにデザイン。創生という点で「F」の表紙が最も評価されるところだろうが、今回は個人的好みで三つを選んだ。ずっとデジタル処理だと思っていたのに、実は極めてアナログにマニファクチャされていたことに驚愕した。まさに職人。そろそろマンネリか、と思う手前で、必ずそれを覆す新しさを盛り込んでくる。これこそプロの仕事、と感心したこと数回。斬新さと洗練を繰り返す動的で無類のバランス感覚によって生み出されたものだった。

「小説現代五月増刊号　メフィスト」特別特集
2004年5月20日発行（講談社）掲載

## また逢えて嬉しい

この百年シリーズは、すべて（三作）がスズキユカ氏によって漫画化された。その意味で、非常に幸運なシリーズとなったし、僕の作品群の中でも重心的な位置にあるものだから、その広がりというか、発散的な展開を予感させるパワーが必要だが、同氏の絵には、それが充分に込められている。

ちなみに、このあとの『赤目姫の潮解』も無事に漫画が発行された。そのあとがきも書いたのだが、本書には間に合わなかった。

『迷宮百年の睡魔』
森博嗣・原作　スズキユカ・作画
バーズコミックス スペシャル（幻冬舎）
2005年5月刊

四年まえの夏が初めてのフランスだった。そのとき、モン・サン・ミシェルを訪れた。あの島に泊まったのである。迷路のような街を散策し、階段の多い城内を巡り、砂で曼荼羅《まんだら》を描く僧侶や、鳥の糞で彩られた石壁や、中庭でじっと動かない猫を見た。これらの情景をパーツとして配置し、イル・サン・ジャックの舞台を組み立てた。僕の場合、いつも世界あるいは社会、つまり地理や歴史がまず必要だ。それらの大道具が整わないと、ファッションなどの小道具が決まらないし、もちろん人物も思い描けない、物語も出てこない。これは、僕が若い頃に漫画を描いていたからだと思う。そういうふうに創作回路ができてしまったのだろう。

したがって、小説を書き始める時点では、物語など少しも考えていないのに、舞台は完全に出来上がっているし、人物（役者）も決まっている。そして、実際に書くときには、僕は自分の頭の中の舞台で演じられるシーンを観て、それをただただ大急ぎで書き写しているにすぎない。

でも、この映像が、生身の役者を使った演劇あるいは実写映画なのか、それとも漫画あるいはアニメなのか、は判然としない。その区別は僕にはつかない。たとえば、映画を観ているときも、本を読んでいるときも、物語の中に浸っているときには、それが実写なのかアニメなのか、小説なのか漫画なのか、そんな区別はまったくない。すべてが「現実」であり、またすべてが僕の中で再構築された「虚構」なのだ。

そういうわけで、僕の小説が漫画化されると、いつも、それは別の作品、すなわち独立した一作品として楽しめる。自分の絵と比較することはできないし、また無意味だ。新しいなにかを必ず求めて読む。

スズキユカの絵は、本当のところ、僕の頭の中の絵にとても似ているような予感がする。何が近いのか、と想像すると、たぶん表情が近い。けれど、もちろん明確にはわからない。また違うものも多い。バックに流れる音楽が違うようだし、また、声も違っている。いつもとても新鮮に読めるのだけれど、言葉になる感想は似ていて、「ああ、ここを汲み取ったか」と脚本に感心し、そして、「なるほど、ここから見たか」とカメラアングルに驚嘆する。

スズキユカは、僕よりもミチルを愛している。ロイディを愛している。それが、この作品を読むとわかる。絵を描くためには、それくらい近づかなくてはならない。自分の身を積極的に寄せていかなければならないのだろう。文章であれば、遠くから眺めても書ける。嫌いでも書ける。しかし絵は、基本的に対象に肉薄しようとする動機から生まれる表現なのだ。そういう感覚が、実によくわかった。

この文章を書いている今、僕はパリにいる。四年ぶりのフランスで、巡り合わせというのだろうか、この物語を創ったときの気持ちを思い出すことができた。さらに偶然だが、『迷宮百年の睡魔』はこの五月に文庫になる（新潮文庫）。その解説で、綿矢《わたや》りさが、ミチルの視点移動について着目し「読むと感覚まで非現実的になる」と指摘している。鋭い洞察だ。僕は、実写映画のカメラワークが鈍すぎる、と日頃感じていた。あんなに遅い視点は非現実的であり、それに比べれば、漫画の視点は適度に速い。こちらの方がずっと現実的なのでは、と感じていた。おそらくこれが、漫画というメソッドが持つ、最強の武器だろう。

前作『女王の百年密室』に比べても、スズキユカの目は素早くなっている。絵はますますシャープに研ぎ澄まされ、動きは素敵に滑らかだ。「原作」というウェイトをまるで感じさせないのは、やはり、その最強の武器と、そして原作者にも勝る愛によるものといわざるをえない。

『迷宮百年の睡魔』（森博嗣・原作　スズキユカ・作画）巻末エッセイ
２００５年４月

# 羽《う》海《み》野《の》チカの必然

羽海野氏の漫画については、ときどきコメントを依頼されたりしているが、この文章が一番まとまりがある。お世話になっている雑誌からの依頼で、快く引き受けて書いた。贔屓《ひいき》にしているものについて書くと、つい主観的になってしまうけれど、それはそれで悪くない。

『ハチミツとクローバー』
羽海野チカ・著
クイーンズコミックス（集英社）
全10巻

自分がかつて漫画を描いていた人間だからなのか、僕は漫画に対しては厳しい。小説ならば、どんなものでも読めないことはないけれど、漫画の場合、その大半を読むことすらできない。言葉が通じない、と同じくらい、漫画が通じないからだ。したがって、僕が読める漫画というだけで、日本に存在する作品の99%以上は除外される。そのうち、僕が面白いと感じるものはさらに一部だし、さらに、こうしてその作品のために文章を書ける、ということも奇跡的な確率となる。

羽海野チカという漫画家の噂は、もうずいぶん以前から聞いていた。僕のファンが、メールでときどき書いてくるからだ。こういった例は、ほかにも数人あるものの、けっして多くはない。小説家で4人、漫画家で3人、映画監督で2人、くらい。共通のファンがいるというだけのことでは、もちろんないだろう。ほかにも好きな作家がいます、というだけならば、わざわざファンメールで言及しないのが普通だ。ほかの作家の名を挙げることは、失礼になりかねない。そのハードルを越えて、名前が書かれていたり、作品が紹介されているのは、どうしても訴えたいものがあって、つまりは作品になんらかの共通点がある、と想像できる。

さて、『ハチミツとクローバー』は、そんなわけで、目についたときにときどき部分的に読んだりはしていた。じっくりと思い出してみたが、正確には5回だけだ。最初のイメージは、とにかく絵が上手い、ということだった。もちろん、だからこそ、その後の4回の機会が訪れた。

羽海野チカの絵は、シンプルでシステマティックだ。無駄がない。また、表現の幅(振幅)が広いことが特徴である。ぎこちなさがありそうでなく、とても素直な線で、どちらかといえば力強い。また、コマの運び、つまりカメラワークの、少し外したタイミング、そしてステップが新しい。それは、非常にマニアックな間合い、ともいえるもので、かつては禁断のマイナさだった。きっとこの新しさが多くのファンに受け入れられたのだろう、と思えた。それまでのメジャな作品に欠けていたものであり、「そんな表現はわかりにくいから駄目《だめ》」と編集側から抑制されていたフィーリングかもしれない。

今回、「ダ・ヴィンチ」から依頼を受けたので、シリーズ1巻から8巻を通読した。僕は読むのが極端に遅い人間なので、1度しか読まないのに1カ月かかった。1日に1話か2話というペースである。この体験はなかなか良かった。現実との時間が接近し、臨場感もあった。

通読して新たに発見したことは、第一印象に沿ったものだが、この作品では、メジャとマイナが明らかに裏返しになっている、ということだった。マイナなものが、まるで古来メジャだったかのごとく悠然と扱われている。結論をさきに書けば、これは「豊かさ」の現れであり、実に芳醇な世界観だ。

かつてのこの種の少女漫画には、かならず「生活」があった。「仕事」や「試合」や「コンテスト」があった。なんらかの「争い」あるいは「勝敗」が生まれ、それゆえ人々は「対立」し、あるときは憎み合ったりもした。だから、その流れに僅かに抵抗するかのように、こっそりと「恋愛」が描かれていたし、「生活」によってどうしようもなくねじ曲げられた「愛」が描かれた。キャラクタたちは「行き違い」や「すれ違い」を繰り返し、必然的に「不運」「不幸」を余儀なくされたのである。

貧しい時代だった、と僕は思っている。現実に日本が貧しかったし、苦しい時代だったから、物語も必然的にそうならざるをえなかったのだろうか。

だんだん、そういったものの比重が小さくなり、『ハチミツとクローバー』ではこれが微塵もない。彼らはどこにいるだろう？　キャンパス？　しかし、一度でも授業の場面があっただろうか。彼らは縛られていない。生来自由なのだ。彼ら彼女らに悲愴感はなく、みんな常に楽しみを知っている。センチメンタルさえもアートの一部なのだ。競争しなくても良いし、勝たなくても良いし、変に意地を張ったりもしない。だから悪人もいない。みんな、正直だし、自分の気持ちをちゃんと言葉にできて、相手に伝えられる。

本当に、普通に生きているのである。ここが、実にリアルだ。普通のことなのだから、どうしたって、みんな現実に生きているように見える。

「ドラマはドラマティックでなければならない」という腐ってしまった古い手法を盲信しているから、こんな単純なリアリティを、多くの物語が見失っていたのである。羽海野チカのような才能がつぎつぎ出ることで、世の中がメジャからマイナへ裏返ったことに皆気づくだろう。しかし、言っておくが、これは必然。当たり前のことなのだ。

蛇足ではあるけれど、この当たり前のリアリティが、創作としていかに難しいことか、を付記しておきたい。競争があり、敵があり、大きな事件があり、人が死んだり、謎があったり、内緒や嘘があったり、その種の捻《ねじ》れた物語ほど簡単に作れる。そういった要素を入れない創作が、はるかに難しい。それができる才能は限られている、と僕は思う。

『ハチミツとクローバー』（羽海野チカ・著）寄稿エッセィ
「ダ・ヴィンチ」２００６年8月号（メディアファクトリー）に掲載

## 『四季』について

デビュー後十年くらいの時期（この作品が出て約三年後に文庫化されるとき）。事実上の「あとがき」であり、珍しいことだが、「IN★POCKET」など誰も読んでいないだろう、と思って書いた。まさに、解説になっている。

『四季』（愛蔵版BOX）
森博嗣・著
（講談社文庫）
限定品

ご存じの方が多いと思うけれど、一九九六年の森博嗣のデビュー作とされている『すべてがFになる』は、実は処女作ではない。最初に書いたのは『冷たい密室と博士たち』で、その後『笑わない数学者』と『詩的私的ジャック』を書き、次に『すべてが〜』を書いた。つまり四作めだ。

また、その『すべてが〜』が発行された一九九六年四月には、第五作目になる『封印再度』を書き終えていた。

今回文庫になる『四季』という作品の大半は、『すべてが〜』を書いたときに、頭の中にあったシーンを再録したものなので、デビューするまえに既にできていた物語だといえる。十年以上まえのことだ。

犀川と萌絵のS&Mシリーズが十作、また瀬在丸紅子《せざいまるべにこ》のVシリーズが十作続いたのち、次のシリーズは？　と担当編集者にきかれ、「そのまえに、書いておきたいものがある」と提案したのがこの作品で、森博嗣にしては、珍しく多少積極的だったのではないか、と自己分析する。

『四季』は、四分冊されて講談社ノベルスから発行されたが、このとき同時に、講談社では初めてのハードカバー『四季』（愛蔵版）を作ってもらえた。本来はあくまでも一つの作品である。

僕の作品は、シリーズを最初から通して読んでいないと楽しめない、と言われるのだが、それは順番に読んだ少数の人の意見だろう。多数の人は順番には読んでいないし、もちろんこの『四季』から読み始めて、結果的に良かったという意見もある。

人と出会った場合、その人が生まれたときからのことを、順番にすべて知りたい、と思うだろうか。それよりも、まず今があって、ときどき過去が覗ける。未来も垣間見える。それが普通の感覚だと思う。

書いているときも、これと同じで、現在を書けば、過去と未来が自然に見えてくる。だから、書くほど、書き足りなくなる。どこで書くのをやめるのかが（小説家をやめるか死ぬかだが）、一番難しい。

もうそろそろ森博嗣も作家生命が終わりに近いと思うので、この『四季』あたりが代表作の一つになるだろう。僕は小説は文庫でしか読まない人間だ。自分の本が文庫になることは、素直に嬉しい。

最後に、今回、解説・感想を一般公募した。お送りいただいた皆様に感謝したい。

『四季』「もうひとつのあとがき」

「IN★POCKET」2006年11月号（講談社）に掲載

# 再会そして考察

旧友が漫画家になって本を出したとき、寄稿を依頼されて書いた。かつて、芸術としての漫画を論じた同志であり、多少過激な言葉が綴られているのは、ノスタルジィによるものだろう。人は若いときに作ったスパイスで、一生料理を作り、食べる。気が抜けるスパイスもあれば、熟成し芳醇となるスパイスもある。

『ケルベロス×立喰師　腹腹時計の少女』

押井守・原作　杉浦守・作画

RYU COMICS SPECIAL（徳間書店）

2007年12月刊

僕は三十年近くまえから杉浦守《すぎうらまもる》を知っている。最初に会ったのは、彼がまだ高校生のときだった。

当時、僕は漫画を描いていて、jetplopostという同人会の機関誌で作品を発表していた。同人誌といっても、発行部数が数千部にも及ぶ規模のものだったし、全国に数百人の定期購読者を抱え、会誌を六年間毎月発行していたくらいの組織だった。ペンマンには、山田章博、荻野真《おぎのまこと》、コジマケン、ささきすばる、水記利古《みずきりこ》などがいた。そこへ、あるとき高校生が投稿してきたのだ。個性的な絵で完成度が非常に高い、というのが第一印象だった。すぐに、この若い新人の作品をメイン機関誌に掲載することにした。

杉浦守は、BABOというペンネームで、当初から繊細かつ緻密な絵を描く少年だった。絵を見ただけで知性も性格も測り知れる。唯一の欠点といえば、作品が多少難解だったこと。本人はとても静かではにかみ屋だったから、きっと作品もはにかんでいたのだろう。幾度も会って話をした。その数年後には、アニメの業界へ進んだ、と聞いていた。

BABOの絵に、本当に久しぶりに再会したので、冷静ではいられない。とても懐かしいし、昔とまったく変わっていない。絵を見ただけで、これはBABOだとわかる。ところどころで無駄をそぎ落とし、その代わりに社会性を受け入れた痕がある。ああ、君ももう立派な大人なんだな、と思った。

さて、この漫画は原作が押井守《おしいまもる》だ。ずっと僕が注目していた破格の才能である。三年ほどまえに、僕の小説を彼がアニメ映画にすることが決まり、幾度か直接お話をする機会を得た。現在進行中の仕事なので、さらに深く彼を知ることになるだろう。

杉浦守も押井守も、幸運な巡り合わせを強く感じる出会いだった。そして考えてみた。彼らに共通するものは何だろう、僕はどこに惹かれたのか、と。

たとえば、一言でこの二人の傾向を表すならば、「硬派」という二文字だ。それは「守」という名前が暗示するとおり、その際立つ防御力である。相手を挑発するような攻撃的な硬派ではない。どこからでも攻めてみろ、という防御の硬さなのだ。エンタテインメントとして、もう少し隙《すき》を見せた方が良い（売れる）のではないか、とときどき心配になるほど、は言い過ぎかもしれないが、それほど硬い守り。しかし、その隙のなさこそが、惚れ惚れするほどプロフェッショナルで、美しく洗練されている。

エンタテインメント作品の多くは、歯をむき出し攻撃を仕掛けておいて、あとは攻め込まれるのを待っているようなものが多い。あざとい作戦だ。これが大衆の心を摑むメカニズムでもある。涙を誘い、愛を訴え、懐かしさを装い、そして勇気や平和や自然を賛美する。けれども、別の言葉でいえば、一辺倒に「媚《こ》びている」だけにしか見えない。

その対極にあるのが、押井作品であり、また杉浦守の絵である。そこには、先制攻撃をしない、凜《りん》として動じない構えがある。もし君にやる気があるのなら、どこからでもかかってきなさい、という鉄壁の構えだ。

かつては、攻める作品も守る作品も同じくらいあった。それがこの頃では、守る作品は実に少ない。言葉は悪いが、言い放つだけの大衆に媚びた「軟弱」作品ばかりになってしまったように感じる。若者は、どうしているのだろう。どこに崇高な精神を見出せるだろうか。漫画も映画も、すべてのエンタテインメントは、ただ泣かせたり、笑わせたり、愛を感じさせたり、平和を再認識させるだけのものなのか。個人の感性が生み出す真の「強さ」「凄《すさ》まじさ」を、今の若者は知らずにいるかもしれない。少なくとも、それを感じさせてくれる龍の鱗《うろこ》が、一枚ここに落ちている。

『ケルベロス×立喰師　腹腹時計の少女』（押井守・原作　杉浦守・作画）巻末エッセイ

# 『スカイ・クロラ』のアニメ化について

読んでもらえばわかる、という優しい文章。
ときどき書きたくなる文章。

『スカイ・クロラ』
押井守・監督
「スカイ・クロラ」製作委員会

『スカイ・クロラ』のアニメ化のオファがあったのは、もう3年以上まえのこと、2作めを書いた頃でした。

僕はいつも「映像化できないものを書こう」と意識しています。そんななかでも、この『スカイ・クロラ』は、最も映像化が難しいだろう、と自分では考えていました。少々マイナなうえ、誤解されそうなテーマです。映像化すれば、まったく別のものになるのでは、という心配もありました。しかし、飛行機が綺麗な空を飛び回る映像だけでも是非見てみたいものだ、と思い、話を進めていただくことを決心しました。

その後に、監督が押井守氏だと聞いて、とても驚きました。同時に、「ああ、押井守ならば大丈夫だろう」と安心したしだいです。彼の作品をほとんど見てきましたし、特に『アヴァロン』の映像美には感銘を受け、「この人は美を知っている」と感じていたからです。

今は一人の押井ファンとして、楽しみに完成を待ちたいと思います。

以上がコメントです。以下は、蛇足ですが、原作者として一言だけ……。

おそらく、表面的に触れれば、「戦うことは美しい」といった好戦的な物語として、誤解されやすい作品だと思います。その誤解を覚悟して、僕は『スカイ・クロラ』を書きました。けれども、その誤解は、「戦争なんて醜い。頭がおかしい人間がすることだ」と目をそむけてしまうのと、ほとんど同じだと考えます。

小説ではこんなストレートな表現で書くことは絶対にありませんが、僕が訴えたいのは、戦うことを美しいと思える人間がいること、そして、誰もがごく普通にその感覚を持ちうること、それを理解し認めなければ、世界から戦いをなくすことはできないだろう、ということです。この作品によって、少しでも多くの方がその「理解」に一歩近づいてくれれば、世界平和を願う心に欠けている重要な部品が補填されるだろう、と信じています。

『スカイ・クロラ』（森博嗣・原作　押井守・監督）
『C★N25――C★NOVELS創刊25周年アンソロジー』２００７年11月25日発行（中央公論新社）に掲載

## 一度観ただけでは切られたことすら感じない素敵な切れ味である。

押井氏の作品については、文章にすることを憚《はばか》られる。だから彼の映像がある、というほかない。観た者だけが、自身の幸運を噛み締めれば充分だ。

『スカイ・クロラ』
押井守・監督
「スカイ・クロラ」製作委員会

押井守の最新作『スカイ・クロラ』を試写会で2回観ることができた。劇場であと数回は観たいし、そのあとDVDで何度も繰り返し観ることになるだろう。この作品について感想を書いてほしいとの依頼があった。僕は映画評論家でもないし、また原作者なので非常に書きにくい立場ではあるけれど、そういったことを潔く棚に上げて素直に書こう。

まず結論をいえば、押井作品の最高傑作だ。これはまちがいない。最初に観終わったときに、すぐに感じたことである。素敵な切れ味だ。多くの人は、一度観ただけでは切られたことすら感じないかもしれない。それくらいシャープである。

その次に感じたのは、「新しい」ということ。次世代押井作品、と呼んでも良い。俗っぽい言い方をすれば「脱皮」だが、一方では、これまでどおりの押井作品らしさもけっして失われていない。つまり、明らかにバージョンアップしている。

押井作品の「らしさ」とは、根底に流れる「輪廻《りんね》」への羨望であり、またそれを螺《ら》旋《せん》状に包み込むように鏤《ちりば》められる「危うさ」と「美しさ」だろう。その基本構造は、今回もまったく揺るぎない。むしろ洗練されている。ただ、それをどう見せるのか、という表現の道筋が新しい。

観ている者へ、そっと手を差し伸べる、そのアプローチに、これまでの押井作品では体験したことがない「優しさ」を感じ取ることができた。その「優しさ」は、実はこれまでにもあったけれど、恥ずかしがって奥からじっとこちらを覗いていた、それが、一歩だけ明るいところへ出ただけのことだ。そして、たぶんその一歩が、もしかしたら、これまでの押井作品に唯一欠けていたファクタだったかもしれない。

『イノセンス』を観たときも、『アヴァロン』を観たときも、これは完璧な作品だと僕は思った。欠けているものがあるなんて、微塵《みじん》も感じなかった。僕たちは、たぶん押井守という先鋭の才能にただ圧倒されていたから、その欠落さえも「刃先」の形として認識し、受け入れていたのだ。けれども、今、この新作を観たとき、ようやくにも理解できる、たしかに、ここに欠けた部分があった、と。

けれども、いったい誰が、これを補うことができただろうか？

押井作品を最も精確に分析・評価している世界でただ一人の人間にしか、この補完はできなかっただろう。天才はきっちりと自己修整をしてきた、より完璧なものへ近づくために。

以上に述べた全体的な印象がすべてである。以下は、蛇足かもしれないけれど、ディテールについて個人的な感想を記しておく。

映像の美しさは、もう絶品というか限界に達している。シーンの転換のシャープさ、そして贅沢《ぜいたく》な時間のハンドリング。静けさを再現するクールさにも磨きがかかっている。キャラクタの造形も、そしてその演技も、日本のアニメにおけるある種の殻を破り、世界を捉える視点を感じさせるものだ。音楽もまた、素晴らしく深く共鳴し、映像と滑らかに連続していた。音の質感の凄まじさは、もう形容しがたい。声の演技も秀逸だった。この声を選んだ押井守の監督としてのデザインセンスに脱帽である。そして、僕は二年もまえに読ませていただいたが、的確に熟成された脚本が、いかに剛健だったかを作品を観て再確認した。
すべてが揃った本当に素晴らしい作品だと思う。

『スカイ・クロラ』（森博嗣・原作　押井守・監督）

『スカイ・クロラ　オフィシャルガイド　Ｍａｔｅｒｉａｌ』２００８年8月2日発行（中央公論新社）に掲載

# 「あとがき」というより御礼

第1章で書いた「あとがき」と重複しているが、何年経っても、何度書いても、変わらないものもある、と思っている。感謝しかない。

『トーマの心臓』
萩尾望都・原作　森博嗣・著
（MF文庫ダ・ヴィンチ）
2012年4月刊

小説のあとがきを書いたことがありません。今回が初めてです。この作品が、特殊なものであるからです。

萩尾望都先生の『トーマの心臓』を小説化しないか、という提案が講談社の名編集者であった宇山秀雄《ひでお》氏からあったのは十年以上もまえのことです。聞いたときには、凄い発想をする人だな、という驚きと、そんな無謀が許されるのだろうか、という疑問を抱きましたが、「萩尾先生の許可が得られるなら、異存はありません」と即答しました。

萩尾望都という作家は、僕にとっては例外的な存在です。小説も漫画も映画も絵画も、あらゆる芸術分野を通して、唯一の存在といっても良いほどです。また、萩尾先生の作品群の中でも、『トーマの心臓』は最も大きな衝撃を受けた一作です。これに出会ったために、僕は「創作」というものの価値を自分の中に見つけました。原点あるいは起点といっても良いでしょう。今風にいえば「神」です（せめて皆さん、「神様」と言ってもらいたいのですが）。

しかしその後、宇山氏からはこの話の続きがありませんでした。伺ったところ、打診はしてみたもののお返事がいただけない、とのことです。それは、そうでしょう。八十パーセントくらいは駄目だろう、と僕も考えていましたから。その宇山氏は、二〇〇六年に突然亡くなられました。

ところがです。その翌々年でしたか、メディアファクトリーの稲子《いなこ》氏が、萩尾先生に会われたとき「森さんの『トーマの心臓』はまだですか」というようなことをおっしゃっていた、と聞き及びました。青天の霹靂《へきれき》とはこのことです。どうもどこかで話が途切れ、伝わってこなかったようです。さっそく、萩尾先生にも直接お会いして、正式に執筆の許可をいただきました。

既存の作品を別の創作ジャンルで再現するという場合、通常は文章から絵、絵から動画というように、情報量が多い方向へ流れます。これは、人間の知的欲求の方向と一致しています。小説を読んだ人は、アニメやドラマでこれを見てみたい、と自然に思うことが多いはずです。今回はその逆行ですから、いわば「具体的なものから抽象化する」行為になります。あらすじや台詞を追った単なるノベライズではなく、原作の美しさを抽象しなければなりません。何故なら、それが小説であり、創作だからです。

それ以前に、今回の僕の作品の最大の使命は、これを読んだ人たちに、萩尾望都の『トーマの心臓』を読みたくさせること、でした。もちろん、既読の方が多いでしょうから、是非この名作を再読してほしいと思います。また、もう何十年もまえの作品です、若い人たちでは知らないという方も多いことでしょう。そういう方も是非一度手に取っていただければと希望します。日本が生んだ漫画文化の頂点ともいえる名作を、できるだけ沢山の人に知っていただきたい、と願っています。幸い、単行本が出たあと届いた感想などでも、ほとんどの方が「原作を読みたくなった」と書かれていて、僕の気持ちが伝わったことにほっとしました。

僕の今回の作品は、そういう意味で、原作どおりではありません。場所も時代も変えましたし、台詞もまったく違います。「抽象」のためには、それが必要でしたし、原作を読んだときの「新たな」感動を損なわないためでもありました。

森博嗣が珍しく「あとがき」を書いたのは、普段は明確ではない作家の「動機」を記しておきたかったからです。

この作品を書けたことは、この仕事をして感じた最大の幸せでした。自分で書いた作品で初めて、自分が読む気になれるものでした。もしかして小説家としてやっていけるのではないか、とも少しだけ思えました。ですから、初めての微かな自信作かもしれません。こんな経験をさせてもらえたのは、ひとえに萩尾望都先生のおかげです。本当に感謝いたします。どうもありがとうございました。

二〇一二年三月　滑らかな静けさの中で

『トーマの心臓』(萩尾望都・原作　森博嗣・著)あとがき

# 解説『コズミック・ゼロ』におけるリアリティ

清涼院流水《せいりょういんりゅうすい》氏の作品について書くことは、なかなかの挑戦であり冒険でもある。ミステリィの枠組みに収まらないその膨張的スタイルは、不慣れな人には衝撃的か致命的な影響を及ぼすだろう。だがその本質は、極めて計算された緻密さであり、誠実な奉仕でもある。

『コズミック・ゼロ　日本絶滅計画』
清涼院流水・著
（文春文庫）
2012年5月刊

小説の解説に、作品の技巧的な面や、作家の履歴など、作品世界の外側を書くことに、僕自身は抵抗を感じる。物語を読み終わったばかりの人は、まだその物語の世界の中に立っている。『コズミック・ゼロ』であれば、誰もいなくなった日本のどこかに、ぼうっと一人立ちつくし、いったい何が起こったのだろう、と途方に暮れているところかもしれない。だから、作品世界以外、つまり創作の舞台裏について語ることは、そんな人を夢から覚醒させる無粋な行為であり、余計なお世話というのか、大人げないというのか、いずれにしても興醒め、とにかく面白くないことであるのは確かだ。

「解説」としてしまうから、ある程度はそういった外郭、あるいは逆に内郭について触れなければならなくなる。そうではなくて、物語を振り返って、あそこが良かったね、あれにはびっくりしたね、といった読者側における印象、感想の類を主観的に語るのが、本当は一番良い。僕はそう考えている(だから、自分の作品の解説者に、作家や評論家を指名することをできるだけ避けてきた)。

けれども、当然ながら例外というものがある。

第一に、作家が作家に自作の解説を依頼する動機というものが存在する。今回がそれだった。編集者から依頼されていたら、この仕事は断っていただろう(それ以前に、編集者ならば森博嗣だけは避けるはずだ)。清涼院流水氏は、僕の数少ない作家の友人の一人である。数少ないというのは、具体的にいうと五人くらい、という意味だ。森博嗣の次にメフィスト賞を取った作家であり、デビューの時期もほぼ同じ。その彼がわざわざ指名してきたのは、「読者の感想」ではないものを希望しているからにちがいない。おそらく、本作の「動機」の科学的妥当性について心当たりがあるだろう、ということか。いずれにしても、「面白かった！」では、済まされない。

例外といえる第二の理由は、清涼院流水の作品が、そもそも文芸における「例外」だということ。彼の作品、つまり彼の創作する世界自体が、普通の「物語」からは明らかに逸脱した、ようするにそもそもが例外的な小説なのである。そして、その例外的な資質というのは、彼がデビューしたときから際立っていた。そのデビュー作もまた、本作と同じ『コズミック』というタイトルである。これはもちろん偶然ではない。作者が意図したものだ。彼の作品というのは、ディテールからあらすじまで、あらゆる面で意図され、計算されている。

だから、本作を読んだときに僕が最初に抱いた印象というのは、彼のデビュー作との対比の中にあった。非常に似ている。いずれも意欲的な設定であり、度肝を抜くスケールだ（実は、清涼院作品においては、それほど破格でもないが、一般的な見方をすれば、まさに超がつくギネス的なスケールだろう）。ただ、本作においてまず目立っていたのは、作品としての「洗練」であり、そしてそれはとりもなおさず、清涼院流水という作家の「成長」でもある。おそらく、彼が築いていく作品群の中で、本作は一つの頂点となるものだろう（この場合の頂点とは、多角形のそれをイメージしてほしい）。つい最近の彼のエッセイにも、この作品が自作における最高傑作だと明言されていた。作品に対する評価というのは、どんな評論家よりも、いかなるファンよりも、作者自身が一番正しく見極めているのは当然のことである。

さて、デビューしたときから清涼院流水の作品は極めて技巧的だった。それは、緻密な計算によって作られたパノラマである。計算結果を優先して構築されているため、既往の小説のお約束事となっている習慣的価値観から少なからず離反している。それが、小説というものに慣れ親しんできた読者には、新しいと感じられるか、あるいは反発を抱かれるか、という先端性だっただろう。尖っているほど、反応は切り裂かれたように分かれるものである。

しかし、清涼院作品から小説に入門すれば、これが常識になるし、また、柔軟な感受性をまだ維持している「若い」読者にも、驚きをもって受け入れられたはずである。散見される「リアリティがない」という当初の批判は、明らかな見誤りで、むしろ現在の世界を描写したともいえる高度なリアリティを有してさえいた。何故なら、そもそもリアリティを求めた「計算」によって生み出されているからだ。したがって、清涼院作品を読んで、リアリティに欠けると感じるとしたら、それはその読み手のリアリティに対する「鈍さ」の証だと解釈しても間違いではない。浅く広く小説に慣れ親しんだ頭の固い「老いた」層にも、同じく非現実性を感じさせるだろうけれど、それは「今までの小説とは違う」、さらには「現実が昔と今では違う」というだけのことである。

一例を挙げるなら、この『コズミック・ゼロ』は、かの有名な、日本が沈没するSF大作に設定が類似している。少し古い作品だから知らない方も多くなったかもしれない。日本が消滅するという同じプロットで、日本列島が海の中に沈んでいく様を描いたものだが、考えてみてほしい、本作における日本人が全員消失するという設定と、いずれがリアリティがあるだろうか？　科学的な評価をすれば、明らかに後者（本作のプロット）の方が現実に発生する確率が高い、といわざるをえない。

これは、既に三十年ほどまえから僕は大学の講義で教えてきた。現代においては、自然災害で失われる人命よりも、人間が人間を殺す行為で失われる方が多い。そういう時代になっている。僕は建築が専門だが、高層ビルが地震で崩壊する確率よりも、テロによって破壊される確率の方がはるかに高い、と教えてきた。ニューヨークであったあの事件は、それ以前から充分に予期されていた結果だったのである。

だから、本作における設定は、予算や労力的なことを除外すれば、あるいは、ここまで大きなスケールで最後まで完結する可能性を否定できるにしても、やはり今、明日、起こっても不思議ではない現代的な「設定」といえるものだ。決して「荒唐無稽」ではない。たとえば、国民の安全を考える組織ならば、とうに想定しているものだろう。

別の例を挙げよう。この手の物語、小説でも映画でもそうだが、だいたい熱愛のカップルが登場し、彼らの愛が世界を救ったりする。本作でもカップルは出てくるけれど、さてどうだっただろう。愛する娘のために自分の命を犠牲にする父親がいて、彼のために世界が危機から脱する、という物語も幾つかあった。いかがだろう、そんな甘い現実がはたしてあるだろうか。もちろん、そうではない。現実とは、あっけないほど「非情」である。清涼院作品が描く世界の方がはるかにリアリティがあるだろう。

さらにもう一例を挙げると、本作では、わざわざ英語の会話が英語で書かれている。これも素直なリアリティだ。どうして、今までこうしなかったのか、というほど自然な記述といえる。英語で話しているはずなのに日本語になっている方がおかしい。外国人なのに日本語で考えているのもおかしい。そもそも、日本語しか知らない作家が外国人を主人公にして小説が書けるのか、というのも僕は疑問に思っている。吹き替えの映画などはもう、圧倒的に絶対的に「変」なのである。不自然でリアリティがない。逆に、ドラえもんやのび太君が英語でしゃべっているのを見ると、やっぱり変だと感じる。もし、それらをおかしいと感じないとしたら、その感覚は明らかに鈍っているとしか思えない。清涼院作品の「誠実さ」が現れている部分だし、また、後述する「言葉」に対する信仰的なものが、こんなところにも感じられる。

清涼院作品は、こうしたリアリティを、わざと「物語」として提示する。計算であれば計算結果を「意見」や「理論」として著す方がストレートだが、おそらく、ここに作者の優しさが現れているだろう、と僕は勝手に解釈している。つまり、計算結果のあまりの悲惨さに対して、「物語」が緩衝材として働いているのだ。読んでいると、いつも「大丈夫、これは現実ではない、お話なのです」と余白に小さく書かれているように感じてしまう。そういった雰囲気を醸し出しているのが、登場人物や団体の非現実的設定である。おそらく、このあたりに惑わされて、清涼院作品が「リアリティに欠ける」と誤認されるのではないか。

その「緩衝的非現実」を担うパーツの一つが名前である。これも、デビュー作から顕著だった。清涼院作品というのは、「命名」に一つの主軸がある。それは、「拘っている」といったレベルではない。僕が感じるのは、「信仰」に近い傾倒だ。

科学がまだなかった時代には、信仰がすなわち道理だったし、それがまぎれもない合理だった。最初に言葉があった、と聖書に記されているとおり、言葉には神が宿っている。今でこそ、単なる語呂合わせだとか、駄洒落にすぎないと揶揄《やゆ》されがちだけれど、たとえば、縁起をかついだり、ジンクスを信じたり、タブーを避けたりする民族的習慣は、多くは言葉に起因するものである。ものに名前をつけたのは人間なのに、人間が言葉に支配されているのが、太古のシステムだった。

清涼院作品に見られる、凄まじいまでの命名への執着は、それが「理」であり、それが「真」に近いものだと直感させる人間の質《たち》に起因するものである。だからこそ、読んでいて、気づかされ、驚かされ、そして納得させられる。作品世界の中では、なかなか「でも、それって単なる言葉では？」とは言い返せない。この現代の感覚からは遠くなってしまった命名の非現実性によって、作品本来のリアリティが程良く和らげられ、まさに「優しく」テーブルに置かれているのである。

世にも稀なリアリテイの珍味は、シェフの敏腕により、かように円《まろ》やかに調理されている。読者は、フォークとナイフを手にするだけで、この極上の興奮と後味の良い幸運を、すっかり安心して味わうことができるだろう。

『コズミック・ゼロ　日本絶滅計画』（清涼院流水・著）解説

## ゆうきまさみみたい

漫画について書くと、自然に劣等感を抱く。漫画は文章よりも次元が高い。どうしたって勝ち目がないし、どう書いても理屈っぽくなり、書くほど本質から離れてしまう。ゆうき氏は、僕に似ている、と僕も思った。彼は、漫画を諦めなかった僕だ。

『ゆうきまさみ　異端のまま王道を往く』
文藝別冊 KAWADE 夢ムック（河出書房新社）
2015年6月30日発行

ゆうきまさみさんにお会いしたことは、一度だけしかありません。それ以前から、ときどき意識する作家の一人ではありました。共通の友人がいたり、もちろん、雑誌や単行本で作品を読んでいました。

その一度とは七年ほどまえのことで、大勢のファンの前で行う公開対談なるイベントでした。しかも、事前に打合わせはできず、挨拶してすぐにスタジオに出ていき、いきなり対談をすることになりました。それでも、話をしているうちにだんだん打ち解けていきました。とてもフランクで、お話ししやすいというか。比較的楽な対談になりました。

まず、ゆうきさんと僕は、同じ年の同じ月の生まれで、生きてきた時代が一致しています。僕は、今は小説家ですが、もともとは漫画を描く人間でした。漫画家になる可能性もありました。少なくとも若いときには、小説家になるなんて想像もしていませんでした。このときの対談の様子は、(僕の本ですが)『Dog & Doll』(講談社文庫)に収録されています。

何が驚いたかといって、ゆうきさんが小林麻美《こばやしあさみ》のサインを持っていることです(それが一番か!)。羨ましい。これだけで、ゆうきさんは尊敬に値する凄い人だと確信できました。小林麻美を知っている人でさえ最近は多くはありません。デビュー当時から知っている人はもっと少ないし、さらにサインまで持っているなんて、人間国宝並みにもの凄いことなのです(人間国宝がどれくらい凄いかわからずに書いていますが)。

それから、お会いする以前に、よしもとばななさんから、ゆうきさんの噂をいろいろ伺っていました。よしもとさんが、ゆうきさんらしき人が近所に住んでいたことがある、と語っていたのです。僕はそれで相当想像を膨らませていました。ところが、ゆうきさんご本人にその話をして、こんなふうなんでしょう、と尋ねると、全否定されました。結局、よしもとさんの単なる勘違い（思い込み）だったようで、僕の想像は一気に萎《しぼ》んだのです。

しかし、よしもとばななをして、ゆうきまさみだと思い込ませたその人物は、いったいどこの誰だったのでしょうか。また、そんなふうに思い込ませるだけでも、ゆうきさんは凄い人だといわざるをえません。妄想的キャラを醸し出すオーラみたいなものがきっとあったのでしょう。

共通の友人がいると書きましたが、僕の家に何度も遊びにきている模型ファンのKさんがその人です。日本屈指のモデラなのです。しかし、どうも本業は漫画らしい、アシスタントをしているらしい、と噂されていました。一方、ゆうきさんは、アシスタントが森博嗣と友達だ、と書かれたことがありました。そのことを小耳に挟んだ僕は考えます。そもそも、友人自体が非常に少ない人間なので、得られた情報からすぐに個人を特定できたわけです。それで、対談のまえにKさんに「ゆうきまさみを知っている？」ときいてみたら、「知ってますよ」と軽い返事。さらに、「ゆうきさんって、どんな人？」と尋ねました。なにしろ、写真を見たことがなかったし、性別もわかりません。そのときのKさんの返答は、「うーん、どんなって言われても……」と口籠もったあと、「森さんみたいな人ですよ」とおっしゃったのです。

公開対談のあとも、ゆうきさんとは喫茶店でいろいろお話をしたのですが、Kさんの言ったことは、そのとおりかもしれない、と感じました。もしかしたら、僕が漫画家になっていたらこんなふうだったのではないか、とも。

ゆうきさんがどんな人かと文字で表現するのは難しいのですが、一言でいうと、飄々《ひょうひょう》とした方です。でも、これは僕もよく人から言われるし、「飄々」の意味がよくわからず書いているのです。何でしょう、飄々って。

ゆうきさんの作品に関しても、同じ本のエッセイでも書きましたし、直接「こうですよね」と対談のときに言いました。そうすると森博嗣みたいに他人事のように飄々と返されるのです。

僕は『鉄腕バーディー』が好きですが、ゆうきさんの漫画の魅力の一つは、キャラクタの台詞にあって、何というのか、ちょっと変なようで、なかなかに自然だし、切れ味があるし、特に悪者なんか格好良いことを臆面もなく語るし……。

本当に、森博嗣が言われているみたいなことを、どうして僕が書かないといけないのか、というジレンマを感じつつ、今書いているわけですが。

とぼけた男がよく登場しますね。おそらくは、ゆうきさんの地なのでしょう。本人はとぼけているわけではなく、自然に振る舞っている。いえ、むしろ本人はせっかちなんだけれど、さきざきまで考えて、ゆったり構えてみせるから、おとぼけ君に見える。とぼけ方が、非常に活き活きとして作品に表れるのは、まちがいなく天然だからです。これも、森博嗣がよく指摘されることで、本人は自覚はありません、たぶん。あと、お会いしたときに、ゆうきさんの漫画は、素晴らしく自然に動くということを申し上げました。アニメを見ると、あれ？と思うほど、漫画の方が良く動いているのです。ですから、アニメになっても、むしろぎこちなく、ほとんど感動しません。それから、視点というのか、カメラワークが非常にユニークです。まあ、ご本人が日頃から客観的に物事を捉えているから、こういう視点になるのでしょうね。せっかちだから、視点の移動が速いともいえます。時間の進み方も自在で滑らかです。いつの間にかカメラが速く回ってスローモーションになっているのに、それがごく自然なので、見ている人にはスローモーションだと感じさせない、むしろスピード感が余計に味わえるのです。

それにしても、もう長いですよね、キャリアが。三十年もまえに読み始めたとき、僕は、この作者はベテランだと思いましたが、まさか同じ歳だったとは。当時から今まで僕は何をしてきたのか、と考えると、ふらふらとあれもやりこれもやり、という人生だったのに、ゆうきさんは一筋ですよね。少なくとも、外部から見るとそう見えます。羨ましいことです。

それでも、作品自体は、どんどん改良され洗練されているのがわかるので、その当時のままではありません。ただ、今のゆうき作品の要素は、すべて昔から萌芽的に存在したものだとは感じています。

基本的な姿勢も一貫していて、アンチメジャな反骨精神が中心にあります。その時代ではややマイナかもしれませんが、それは新しいものを取り入れているためであって、しばらくすればスタンダードになり注目を集め、広く知られることになるのです。時代が追いつくわけですね。でも、時代が追いついたときには、作者はさらに先へ行ってしまっているわけですから、追いついたどころか、「時代から逃げ切った」が本当ではないでしょうか。

そこがまた、ゆうきまさみの飄々としたスマートさになっているように見受けられます。

『文藝別冊［総特集］ゆうきまさみ』寄稿エッセィ

# 巻末エッセイ

まさか『四季』が漫画になるとは思わなかった。猫目《ねこめ》トーチカ氏は、雰囲気を絵にできる方であり、それこそ漫画家が持てる最強の武器だと思う。

『四季　THE FOUR SEASONS』
森博嗣・原作　猫目トーチカ・漫画
ITANコミックス（講談社）
2015年11月刊

『四季』は、特別な作品です。シリーズの中で、時系列的にも内容的にも中央に位置していて、弥次郎兵衛《やじろべえ》の一本足のように、すべてを「支え」ているからです。

猫目トーチカさんの絵を初めて見たとき、眼差しの強さと危うさが、四季の持っている「揺らぎ」を連想させました。彼女の絵は、自ずと静かで、その静かさゆえに今にもひび割れそうなのです。

漫画化のコンペで、まったく先入観なく、絵だけで僕が選びました。

「この人に四季を描いてもらって下さい」とお願いしたのです。その願いが叶《かな》い、この作品を「見る」幸せが訪れました。

漫画、アニメ、ドラマ、映画と、小説がビジュアル化されるとき、必ずファンの一部から「イメージが違う」と声が上がります。作品に思い入れがあるほどそうなるようです。しかし、イメージというものは、頭脳の数だけ異なるもの。同じイメージなど絶対にありません。それでも、他者の描いた像に接することは刺激的で、また、そこに仄かなリンクを発見する楽しさこそ創作の価値、芸術の目的ともいえるものでしょう。

違うかどうかではなく、どんな美しい差を見られるのか、それが、創作が導く探訪なのです。この作品を描かれた才能に、心より感謝します。

『四季 THE FOUR SEASONS』（森博嗣・原作 猫目トーチカ・漫画）巻末エッセイ

## 巻末エッセイ

ドラマにならなかったら、この漫画化もなかっただろう。浅田寅ヲ氏のときから、ずいぶん年月が経ち、漫画は小説よりも変化しているのかもしれない、と思った。

『すべてがFになる
-THE PERFECT INSIDER-②』
森博嗣・原作　霜月かいり・漫画
ARIAコミックス（講談社）
2016年3月刊

一年ほどまえに、『すべてがFになる』を漫画化したいという編集部からの連絡があり、講談社内でコンペが行われた。数名の漫画家が描いた原画やコピィが送られてきた。その中から僕が選んだのが、霜月《しもつき》かいり氏の絵だった。もっとも、同席していた編集者二人も、またイラストレータのささきすばる氏も、この人だ、と同じ指名だったので、満場一致で決定した。

漫画というのは「絵」だと僕は認識している。絵なのに、それを「読ませる」のである。アニメのように動くわけではないが、読者の感性がそれを生きているキャラクタとして受け入れる。つまり、たとえ一枚のカットであっても、そういった生命感を表出するものが、漫画の絵の機能、あるいは能力といえる。

霜月氏が送ってこられた絵は、このとき何十枚もあった。絵コンテが五十枚ほどと、原画が二十枚ほどで、原画の方はトーンも貼られた完成品だった。「原画は差し上げます」と書かれていたので、今もそれは僕のところにある。ということは、実際の連載時には、再度すべてを描き直されたのだ。

登場人物は冷徹かつ精悍《せいかん》な風貌で、鋭くこちらを見据えている。おそらく、真賀田《まがた》四季《しき》の絵としてこれほど相応しいものはなかっただろう、と感じた。西之園萌絵もイメージに非常に近い。犀川は少々格好良すぎるけれど、読んでいるうちに意外にもそれらしく見えてくる。霜月氏の創作の力がここにある。

最初の部分をすべて描き直されたように、連載時と単行本でも、多数の場面で絵が異なっていて、より高い完成度を求めて描き直されていた。これこそプロの執念というもの。

描けば生きる、生きれば再び描く、という連鎖かもしれない。

改めて、深く感謝の意を表したい。

『すべてがFになる –THE PERFECT INSIDER– ②』（森博嗣・原作　霜月かいり・漫画）巻末エッセイ

第4章

# 森好み

趣味に関するエッセィ

# レトロのスピリット

工芸大からの依頼であり、デザイン的な話題を取り上げた一文。近頃のレトロ趣味に釘を刺す感じになっているかもしれないが、大したものではない。

新しいもの好きで、新製品をつい買ってしまう方だが、その一方では、古いものにわりと愛着を持っている。骨董品店へよく足を運ぶし、自宅にはガラクタにしか見えないものが沢山あって、人知れず仄かに宝物だったりする。

大学の実験室の前には粗大ゴミ置き場がある。一日に何度かこの前を通るのだが、いつもわくわくする。大好きな場所だ。形の良いものを見つけては、拾ってきてしまう。子供のときからそうだった。きっと、古いものには、それ自体「長く使われた」という輝かしい履歴が垣間見えるし、それを手に入れたときのそれぞれの思い出が刻まれているから愛着を覚える、なんて常套句的な普通の理由も書いておこう。

特に、メカニカルなものには目がない。少し大きめのパイロットランプが光ったり、がちゃがちゃと大袈裟なアクションを伴ってロータリィスイッチが切り換わったりすると、知らないうちに口もとが緩んでいる。スライド映写機、タイプライタ、扇風機、天秤、手回し計算機。そんな古いものを幾つも部屋に飾っている。丸いメータ、大きめのダイアルがチャームポイント。角の丸い造形も渋くて、つい触りたくなる。

昔のものは、なんとなく形状が優雅で、眺めていて厭《あ》きない。あちらこちらに散見される「人の手」が作ったことを示す手間の跡が残っているからだ。今でも三十年以上まえの扇風機を二台、大切に使っている。毎日回り方が微妙に違う。いろいろな音を立てる。とても重い。ときどき修理が必要だ。しかし、手間がかかることが楽しみでもある。新しいものを買おうとは考えない。

自動車も古い形が好きだ。四十年近くもモデルチェンジをしなかったポルシェの911や、ローバのミニに乗っている。大学への毎日の出勤はホンダのビート。これはもう十三年も愛用している。最近故障も多く、交差点の真ん中で立ち往生したこともあった。雨の日にはドアを開けただけで肩に雫《しずく》が落ちる。二人乗りで荷物は積めない。助手席は狭く、小柄な女性しか乗れない。このように便利でも快適でもないのに、「乗りたい」と何故か思う、乗れるだけで幸せだと感じるクルマなのだ。環境問題に煩《うるさ》い昨今であるが、次々に発表される省エネ・ハイブリッドの新車に買い換えることと、何十年も同じクルマに乗り続けることの、いずれが「地球に優しい」だろうか？

高性能で便利かつ快適なもの、最適化によって洗練され合理的なもの、そしてできるだけ大勢の人たちに好かれそうな形のものが工業製品としてデザインされる。デザインとは本来そういうものだ。けれど、そんな合理化された「形」では飽き足らない人もなかにはいるだろう。いわゆる天《あま》の邪鬼《じゃく》、あるいは懐古趣味かもしれない。デジタルのインジケータよりも丸いメータが、タッチセンサよりも大きなスナップスイッチがやけに格好良く思えてしまう。どういうわけか、古いものは「姿勢が良い」と感じてしまうのだ。これは、「人に優しい」などという人を食ったようなコピィでは片づけてほしくない。最新型の方がどちらかといえば人に優しいだろう。逆である。機械として「人に突《つ》っ慳貪《けんどん》な姿勢」こそが魅力なのだ。

僕も、そもそも根っからの天の邪鬼なので、人と同じものは嫌だ。可能なかぎり大勢の人とは違ったものを使いたい、自分だけが持っていたい、といつも考える。実は、無理にそう考えているわけでもないけれど、自分の好きな形を選ぶと、自然にそうなることが多い。流行のものは生理的に受けつけない。レトロなものに魅力を感じるのは、レトロなものならば同じものを持っている人が少ない、という子供の頃からの学習結果にちがいない。

しかし、何故、そういったレトロで愛らしいデザインのものが、現代において製造されないのか、という素朴な疑問が生じる。そう考えている人がだんだん増えたためだろう、最近では復刻版、あるいはレトロ感覚と呼ばれるような形のものが、数多く出回るようにもなった。

古いもので今でも残っているのは、それなりの年月にわたって存在し続けたものだから、上等なものにはちがいない。珍しいものなので、手に入れることは困難だ。つまり、どうしても値段が高くなる。新製品よりも、不便で性能的にも劣っているのに、高価になってしまう。コストパフォーマンスは最低だ。それなのに、ひとえにその形の好ましさからそれを買い求め、あるときは多少我慢してまで使うことになる。まさに自己満足に浸る行為といえるだろう。

さて、そうした気持ちの根元のメカニズムとは何か、という問題提起をしたい。

気づいていない人がいると思う。

それは、今残っているレトロなデザインが、そもそもは最先端だった、ということ。

クラシックカーも、昔の電化製品も、すべてそれが作られた当時には「最新型」だった。その当時実現できた最先端の技術や新素材を駆使して、斬新な設計がされている。けっして、懐古趣味で昔を懐かしんでデザインされたものではない。未来を見つめ、「今までにない新しい形を」というチャレンジで作られたものたちなのだ。

したがって、現代において、それらの形だけを真似て、レトロっぽい製品を作る行為は、過去に囚われた、むしろ反対の精神といわざるをえない。そういったデザインは、すなわち志が低い。

僕たちが昔の優れた製品を見て、「ああ、良い形だな」と感じるのは、その未来へ向かった「志の高さ」が今でも感じられるからだ、と分析できる。そういった大志の籠もった製品だけが、時を越えて人々に使い続けられ、歴史に残るのである。

たとえば、建築なら、桂離宮や古寺院、あるいは西欧の古い教会も、さらに、みんなが大好きなガウディの作品も、すべて当時の最新テクノロジィへの挑戦だった。

だから、たとえ古いものが大好きであっても、もし自分でデザインするならば、今までにない新しいものを作ってやろう、という野心的な精神を持つことがデザイナとしての必要条件である。

新しい技術が、果敢なチャレンジへのスピリットに応え、革新的な発想を生む。僕たちがレトロなものに感じるのは、人間のその飽くなきスピリットにほかならない。

東京工芸大学２００３年学園祭パンフレットに掲載

# 森博嗣のスチーム・トラム製作記

学研の「大人の科学マガジン」から、付録のスチームエンジンを使ってなにか作ってほしい、という依頼があり、文章自体は大した仕事ではなく、工作に大半の時間と労力をかけた。トラムというのは、路面電車のことだが、昔はもちろん蒸気機関車だった。付録のエンジンが非力で、動くのがやっとという結果になったのが心残り。

一月にこのエンジンを受け取った。「うわぁ、シリンダがプラスティックだ！」とびっくり。さっそく動かしてみると、軽快だ。無駄な部分がなく、洗練されたデザインも秀逸。

とにかく「是非とも線路の上を走らせたい」との一心で工作を開始した。車輪をつけて駆動するだけならば簡単だっただろう。しかし、いきなり二気筒に挑戦してみることを決意。きっと良い音がするだろう、という単純な動機からである。実際の蒸気機関車にも、二気筒だけではなく、三気筒や四気筒があって、それぞれ音が違っている。

できるかぎりそのまま部品を活用する方針から、二気筒とはいっても、ボイラも二つ使用。これでは、双発というか、重連というべきかもしれない。あとさきを考えず、とにかく直列（タンデム）にエンジンを並べ、プーリィでつないでみた。最初は三十ミリ径ほどの大きなプーリィを使った。ゴムベルトのかけ方に注意して、二つのエンジンのシリンダが交互に飛び出すようにセットする。こうすると、回転は滑らかになり、トルクも増すはず。

車輪は、ジャンク箱から探し出したプラスティック製。これを駆動するためには、回転軸方向を九十度変える必要がある。プーリィに輪ゴムを捻《ねじ》ってかける手もあるが、タミヤのウォームギアがたまたまあったのでこれを使用した。ギア比が稼げるからだ。真鍮《しんちゅう》の板材やアルミのアングル材を切り出し、穴を開けてビスで止める。設計図もなく作り始め、試作第一号は三時間ほどで完成した。「簡単じゃないか」これで、動くだろう、とさっそく実験をしてみたら……。

動かない。まあ、だいたい、僕が作るものは例外なく最初は動かないのである。これは、おっちょこちょいを戒めるよう、工作の神様が僕に試練を与えているためである。なので、こちらも神様の顔を立てて、軽はずみにまず試運転をすることにしているから、いたちごっことなっているのだ。

「変だな」と横から覗いてみたら、アルコールランプの炎が大きすぎたのか、プーリィを溶かし始めているではないか。慌てて火を吹き消した。そうか、エンジン自体にプラスティックが使われていたので、ついついプラスティックのパーツを使ったけれど、やはり高温なのである。少し甘かったようだ。

工作はこのようにトライ・アンド・エラーの連続である。即座に対策を考える。まず、プーリィを小さくして、炎から少しでも離す。さらに、間に防火壁を立てることにした。これにはアルミ板を使ったが、アルミは火に弱いので、本当は真鍮の方が良い。まあ、プラスティックよりはましだろう。

プーリィの大きさを数種類変えてみて、運転を繰り返し、ギア比を調節した。最終的にはよく走るようになった。思ったとおり、音が素晴らしい。

ただ、屋外で運転をするときは、風で炎が煽られてしまうようだ。そこで、風の影響を受けないように、アルミのボディで覆ってみたところ、なんとなくスチーム・トラム風になった。屋根の上にボイラやエンジンがあるなんて、なかなか斬新なデザインではないか。

線路幅は四十五ミリゲージだが、サイズ的にはOゲージに近い。ちょっと車輪を内側へ押してやれば、三十二ミリゲージにもなる。車輪が手に入らない人は、プーリィを重ね、内側に大きめのプラバンを貼ってフランジ※を作れば車輪の代わりになる。線路も直線だけならば、角材で自作も簡単。重いものをスムーズに動かすには、やはり線路が不可欠である。スチームエンジンは線路の上で最も力を発揮する、ということが体験できた。

今回の軽工作で、また蒸気機関車を作りたくなった。

※レールに引っ掛かる車輪内側の縁の部分

「大人の科学マガジン　Vol. 07」２００５年3月25日発行（学習研究社）掲載

# 憧れのスチームエンジン

前項と同じ本に掲載された文章で、こちらは「蒸気エンジン」の魅力を語っているもの。ようするに、ローテクだから個人が趣味で楽しめる、という理屈を捏《こ》ねている。

小学生のときに読んでいた模型雑誌に製作記事が載っていたので、その存在も、仕組みも、また作り方も理解していたけれど、どうしても自分の力では作れなかった、したがって手に入らなかった、実物を見たこともなかった、それがスチームエンジンである。僕にとっては、憧れのメカニズムだった。

　中学生になって、多少工作力がアップしたので、パイプを金ノコで切り出し、ハンドドリルで穴をあけ、ヤスリで削って、オシレーチングエンジンを製作した。しかし、ボイラが作れない。ハンダ付けで作れば良かったのかもしれないが、理論が先行し、ハンダでは熱に耐えられない、と思い込んでいた。エンジン部だけを製作して、息を吹き込んで回そう、と考えたのだが、残念ながら出来上がったものは精度が低かったためか、人間の呼吸くらいでは動かなかった。

その後、模型飛行機のエンジンをさきに経験することになって、大人になった今でも、このピストンが往復する原始的な動力にずっと魅力を感じている。自動車に乗っているときも、どの位置で、どの向きに、いくつのピストンが並んでいて、それらがどのように動いているか、を想像しながらアクセルを踏む。そういう人はきっと少ないことだろう。

若いときは、ぶんぶん回るエンジンで模型飛行機を飛ばして遊んでいた（今も遊んでいるが）。それが最近、歳を取ったせいか、またスチームエンジンに逆戻りしつつある。

テーブルの上で回るものをいくつか作った。模型の船を動かすために作られた精密な多気筒エンジンも手に入れた。しかし真打ちはなんといっても、エンジンそのものといって良い鉄道の機関車である。小さいものから、大きなものまで、いくつくらいあるのか数えたことがないけれど、ライブスチームと呼ばれる機関車が、三十台以上はあると思う。残念ながら、僕はコレクタではない。磨いて飾っておくこともなく、家の方々に散在しているため、正確には把握できない。手に入れたら、とりあえず動かす。納得がいくと仕舞ってしまう。ときどき、思い出して動かすくらい。動かしているときは、本当に楽しい。掃除をしてやるときもとても楽しい。

最近四年ほどかかって庭に小さな鉄道（模型としては大きい）を建設した。五インチ（約十三センチ）ゲージという規格で、客車に大人を何人か乗せて、それを引いて走ることができる。

最初は、電気機関車を作った。動力はもちろんモータ。これをバッテリィで駆動する。簡単だし、力も強い。その次は、エンジン駆動の機関車を作った。こいつは少し音が煩い。排気ガスも出るし、運転も少し難しい。さて、最後はいよいよ蒸気機関車だ。このように、うちの庭園鉄道は、時代を逆行しているわけである。

蒸気機関車は煩くはないものの、排気（煙）はもうもうと出る。石炭に火をつけてから走らせるまでに三十分ほどかかるし、遊び終わったあとの掃除も三十分以上は必要。メンテナンスも大変だ。手袋は真っ黒になるし、着ているものも汚れる。運転だって簡単ではない。石炭の燃え具合を見て、水の量に注意しつつ、圧力を維持する。力が弱いから、勾配のあるところでは、手前で勢いをつけないと駄目だ。良いことは一つもないのである。なるほど、蒸気機関車が、ディーゼル機関車になり、そして電気機関車になった歴史は、こういう理由だったのか、と再認識できた。

ただし、面白さ、という観点からすると、格段に蒸気機関車が楽しいのだから不思議。手間がかかるから、その分面白い、という意味不明の理屈が存在する。乗用模型鉄道で遊んでいる人たちの大半が、蒸気機関車を作っているのも事実である。

おそらく、実物の図面を何分の一かにスケールダウンしたとき、その機能を実物どおりに発揮する最後のメカニズムが、この二百年まえの蒸気機関なのだろう。これよりも新しいメカニズムになると、スケールダウンで無理が生じ、製作が困難になる。内燃機関やモータに比べると、スチームエンジンは、技術的には比較的アバウトなのである。それほど高くない工作力でも製作することができる。変な例だが、たとえば、自分一人が江戸時代へタイムスリップしてしまったとき、あなたは、現代のテクノロジィの何をその時代で実現できるだろう？　電子機器は絶望だ。理屈はわかっていても、材料もエネルギィもない。自動車も家電も作れないだろう。でも、蒸気機関ならば、その時代の材料を使ってなんとか製作できるのではないか。

普通の蒸気機関車には、歯車が使われていないことをご存じだろうか。ロッド（棒）で動輪へ回転が伝達されている（ギアがないのにバックができるのが凄い！）。ギアが使われていないのは、大きくて丈夫な歯車を製作することが技術的に難しかったからだ。このように、原始的な手工業でも作り出すことができる最後のメカニズムとして、スチームエンジンは位置付けられる。だからこそ、現代の工作マニアがこれを作り続けているのだ。

機関車を真っ直ぐ走らせるために丸い車輪を回す。車輪を回すためにピストンは直線上を往復する。直線運動を一旦回転運動に変換し、さらにもう一度直線運動に戻す。こんな面倒な伝動をしている。電気機関車になったとき、動力（モータ）が初めから回転運動になったため、１ステップ効率化した。さらに、リニアモータでは、その回転運動も排除されている。人間の技術は、常に無駄なものを取り除く。この貪欲さは、本当に凄いと思う。でも一方では、個人の力からはだんだん離れていってしまう。気がつくと、自分の周囲にあるものは、全部魔法みたいな技術ばかりだ。壊れたらもう直せない。どうやって作るのか、考えもしない。そういうものたちに、現代人は囲まれて生きている。

その意味では、スチームエンジンこそ、個人の手が作り出せる最先端で最強の動力であり、「人間に最も近い機械」として、人を振り返らせる力強さを永遠に持っているメカニズムといえるだろう。

「大人の科学マガジン　Vol. 07」２００５年３月25日発行（学習研究社）掲載

# 庭園鉄道への道

新聞の文化面に連載を依頼されたもので、趣味について書いてくれ、とのことだったかと思う。そういう話ならいくらでも書ける、と喜んだりはしない。自分の趣味になるほど、書きにくい。特に、なにも（森博嗣も）知らない一般の方が読むので、気を遣わないといけない。ストレスがかかる仕事といえる。

鉄道模型を始めたのは小学校四年生のときだから、かれこれもう四十年ほどのキャリアになるが、しかしそもそも僕は鉄道が好きだったわけでもない。今でも、実物の鉄道にはさほど興味はない。実物と同じ形をしている模型にも、べつに特別な思い入れはない。飛行機の模型も大好きで、自分で設計・製作して飛ばすことがある。機関車も飛行機も、僕は同じジャンルのおもちゃだと認識している。いろいろあるおもちゃの中で、四十年間を通して機関車と飛行機が残った、ということだ。

どんなことに拘りがありますか？　という質問をよく受けるけれど、僕の趣味のポリシィは、なにものにも拘らないことである。いつも自由に思いついたことを実現したいと願っている。

さて、細かい話はとても書けないし、書いても一般の人にはわからないと思う。今回は鉄道模型のことを、と原稿を依頼されたので、ほんの雰囲気だけ、ご紹介しよう。

十五年ほどまえになるけれど、突然、自分が乗れるようなおもちゃを作りたくなった。自動車は既にある。飛行機は乗るのは危険だ。そうなると、一番簡単なのは船か鉄道だろう。

最初は四十五ミリゲージ（線路の幅のこと）で、人が乗れる車両を作り、電気機関車に引かせてみた。直線ならばうまくいくが、車両があまりにも小さい。カーブではバランスを取るのが非常に難しい。もう少し大きい方が良いな、とわかった。

現在、システムとして市販されている鉄道模型では四十五ミリゲージが最大であるが、実物と同じ仕組みで蒸気機関車（ライブスチーム）などを製作し、広い場所で乗って楽しむ大型鉄道模型の趣味がある。日本では「大型鉄道模型」と呼ぶことが多いが、欧米では「ミニチュア鉄道」といわれる。つまり、実物と同じ「乗る」機能を持った少し小さめの鉄道だ。世界規格として、八十九ミリゲージ、百二十七ミリゲージなどがある。この大きさになると、機関車は重くて持ち上げるのも大変なほどになる

欠伸軽便鉄道の主力機関車の重連列車。大人4人を牽引できる。大きさは70cmほど。機関車のボディはボール紙製。

が、大人を何人も乗せた車両を引いて走ることが可能だ。

五百円玉を毎日一枚貯金すること二年間、やっと八十九ミリゲージの蒸気機関車のキットを手に入れた。石炭で走るライブスチームである。これがもの凄く楽しかった。庭に真っ直ぐ十メートルほどの線路を敷いて、子供をトレーラに乗せて往復しただけだが、充分に鉄道世界を夢見ることができた。

その後、蒸気機関車ではお金がかかりすぎるので、電気機関車を自作しよう、もう少しだけ大きい方が良いな、といろいろ計画を練る。だが、一番のネックは線路を敷く場所がないことだった。

そこで、引越をすることにした。ここで実は紆余曲折ある。まず、小説を書き始めた（作家になったのだ）。この印税で、森林の中に建つ古い家を土地付きで購入した。ようするに、小説を書くことが、鉄道建設のための第一歩であった。作家でデビューしたのは十一年まえ。土地を購入したのは八年ほどまえのことである。

以来、一人でこつこつと土木工事に励み、線路を延ばしてきた。現在は総延長百八十メートル、車両数四十台の私鉄に発展している。名づけて、欠伸《あくび》軽便鉄道である。

## 庭園鉄道の発展

前回、庭園鉄道建設までの経緯を簡単にご紹介した。用地買収後、本格的な工事が始まったわけであるが、詳しいことはすべてインターネットのホームページでレポートを公開している。森博嗣のＨＰ「浮遊工作室」からも「機関車製作部」としてリンクしているし、「庭園鉄道」で検索してもらえば見つかるはず。

最初は、一周が十二メートルの小さなエンドレスだった。それをもう少し大きくして一周三十メートルくらいの路線を建設した。これでも一年くらいかかった。なにしろ、運動場のような平坦な場所ではない。線路は水平にしなければならないが、土地は少なからず傾いている。低いところは土を盛るかブロックなどで高くし、高いところは地面を掘る。それに樹などの障害物もあるわけで、まさに自然に挑むプロジェクトである。しかし、これが面白い。普通の鉄道模型では線路を敷いてから山や川を作り、模型の樹を植えて風景を作るわけであるが、庭園鉄道は、最初から風景が存在す

欠伸軽便鉄道の工事車両。実際に砂利や土を運ぶ。機関車の後部が運転手が乗る車両。玄関前のカーブには信号所が建っている。

る。どこに線路を敷けば良いのかを考える。ようするに、鉄道建設自体を模型化する行為なのだ。

機関車も何十キロもある重量級だし、客車には大人が乗って走るわけだから、脱線事故も馬鹿にできない。安全第一で運行しなければならない。屋外に設置したままなので風雨にさらされる。まさに自然との闘いだ。

それでも、夏以外は庭に出て線路工事に専念した。室内では車両を製作する。こちらも面白い。

線路を敷く、車両を設計して作る。さらに鉄橋や駅などの工事もある。鉄道模型の醍醐味は、このように、いろいろな楽しみがセットになっている点だと思う。

車両では、モータとバッテリィで動く電気機関車が一番簡単である。これに、人が乗るトレーラや貨車を引っ張らせる。シャーシはホームセンタで売っている角材やベニヤで充分だし、それに被せるボディは、僕の場合ほとんどボール紙で作っている。

子供の工作の延長のような感じで、実に楽しい。実物などまったく気にせず、自分の好きな形に作っている。なにしろこれは私鉄、自分が社長なのだ。工場長でもあるし整備士でもあるし、そして運転手でも乗客でもある。一人で全部やらなければならないので多少忙しい。

ボール紙でできているから、車両は外に出しっぱなしにはできない。だから、遊んだあとに片づける。重いから大変である。なんとかならないものか。普通の鉄道はどうしているのだろう？　ああそうか、実物の機関車は、線路に乗ったまま車庫に入るのだ。車庫が必要だな、と考えた。

この際だから、車両工場も建設しよう、ということになり、五年ほどまえにガレージを建設した。自動車も入るし、線路を中へ引いて、すべての車両がそこに収まるようにした。ついでに工作室も設け、旋盤やフライス盤も導入した。本格的になってきた。

この基地ともいえるガレージができてから鉄道建設に弾みがついた。その後も、線路を順調に延ばし続け、車両もどんどん生産されたのだ。

今から三年ほどまえに、ついに家の周囲を巡るメインラインを開通させたのである。

## 庭園鉄道の運営

庭に敷き回した線路の工事が一段落した。こうなると、もうやることがないのか、というと全然そんなことはない。まず「維持」が大変なのだ。こういったことも自分でやってみるとわかる。保線作業をはじめ、安全運行のためにチェックをしなければならないことは多い。これもまた楽しみの一つといえる。まず、保線を行うための工事車両を作った。これに乗りながらチェックをして、必要ならば工事を行う。線路上にある落ち葉や枝をはね飛ばすための回転ブラシ掃除車も製作した。なんと、遊びで除雪のためのロータリィ車も作ったくらいである。こちらはさすがに実用ではない。なにしろ大雪の日はとても運行はできない。

それから、ポイントといって分岐する線路の切換えのためのマシンを設置した。我が鉄道には乗務員は一人しかいないので、機関車を一度停めてポイントを切り換えなければならなかったから、面倒だった。そこで、無線で切り換えられるように自動化した。踏切のためにセンサを取り付け、警報が鳴るようにもした。まだまだ課題は沢山ある。

一方では、たまたま家に遊びにきた客を乗せているうちに評判になり、自分以外の乗客が増えてきた。そこで切符を作ったり、安全の手引きを発行したり、さらには、機関士を養成するための指導書なども用意した。

インターネットでレポートを書いているうちに、世界中の庭園鉄道のオーナからメールをいただくようになり、同好の士の視察も多くなった。僕なんかよりはるかに高い技術を持ったベテランモデラは沢山いる。そういう方々とも知合いになれた。おかげで、定期的にオープンディというイベントを行うようになった。これは、その日一日大勢で庭園鉄道を楽しむ日のこと。他の私鉄からの車両の乗入れもある。いろいろ刺激が多い。情報交換、技術交換、部品交換などなど交流も楽しい。

毎年八月には、ＪＡＭ国際鉄道模型コンベンションが行われる。これにも一昨年から参加し、展示を行うことにした。庭園鉄道は持っていけないので、ビデオを撮っていき、それをブースで放映している。

このほか、ホームページのレポートは三冊の本になって出版された。この本を購入された人は、欠伸軽便鉄道の株主となる。つまり、我が鉄道に出資をされた方だ。三百人の株主を集めて株主総会も開いたことがある。遊びはどんどん広がって本格的になっていく。

ロータリィ除雪車である。雪が降った日にはこれを出動させるのが楽しみ。積雪5㎝くらいがちょうど良い。

だが、一番の楽しみは、走らせて遊んでいるときではない。なにかを作っているとき、なにかを作ろうと考えているときだ。だから、どんどん計画を進め、どんどん作らなければならない。困ったものである。

現在、機関車は十六台になった。この頃は、有煙化が進んでいて、蒸気機関車の比率が増している。時代に逆行しているわけである。

ガレージも手狭になってきた。工作室もちらかっている。それでも、一日の大半をここで過ごすことができるのは、このうえない幸せである。

先週から今週にかけては、ガレージの横にターンテーブルを建設した。直径は一メートル。蒸気機関車が増えたので、機関車の向きを変える設備が必要になったためだ。

きっといつまでも作りたいものを思いつくだろう。

## 庭園鉄道の魅力

さて、前回までに我が庭園鉄道・欠伸軽便の概略をご紹介してきた。今回は、少しだけ一般論、そして、僕の模型論を書きたい。

庭園鉄道というのは、庭にある鉄道のことであるけれど、一般には、屋外で楽しむ鉄道模型全般を指す。一番多いのは、Gゲージと呼ばれている四十五ミリゲージで、これはレールに電流を流して走らせる普通の鉄道模型が少しだけ大きくなったものだ。この頃、日本でも楽しむ方が増えているが、気候的に日本は庭園鉄道には向かない。過酷な自然条件だと思う。それでも、植物の間を自分の鉄道が走り回る、その当たり前の自然さが大きな魅力である。

また、僕が楽しんでいるような人間が乗って運転する「乗用鉄道模型」の場合は、個人は車両を作り、走らせる場所はクラブなどグループで管理をする、という形態が一般的だ。なにしろ、大きな機関車を本物そっくりに作ってしまうと、急カーブが曲がれなくなる。最低でも半径が十メートルものカーブが必要になるから、広い場所がなければ走らせられない。

自分の家で庭園鉄道を楽しむには、なるべく小回りの利くような車両にする必要が

ライブスチームと呼ばれる蒸気機関車の模型。石炭を燃やして本物と同じメカニズムで走る。準備や掃除が大変だが、走らせるのは電気機関車よりも面白い。

ある。僕の場合、もともとそういったおもちゃみたいな小型機関車が好きだったので、この点では問題がなかった。現在の僕の鉄道では一番の急カーブが半径三メートルである。半径が一メートルでも曲がれないことはないけれど、抵抗が増すので、機関車のモータが焼けてしまう。

国鉄のD51やC62を作って走らせたい、という人は、残念ながら庭園鉄道には向かない。やはり、庭園鉄道はそもそも軽便鉄道なのである。

模型というのは、普通は形を真似るものだ。スケールモデルといって、実物を正確にスケールダウンして作る。これが「精密」さであり、「本物そっくり」であることが一つのステイタスとなる。けれども、実物が持っているものは、「形」だけではない。たとえば、「機能」がある。実物の機能をスケールダウンすることも模型の一つの考え方だと思う。そして、実物が持っている魅力もまた機能のうちであり、この魅力を再現することも、模型の重要な目的だ。あまりにも形ばかりに拘っていると、魅力のない模型になってしまうことだってあるのだ。

フリーランスモデルといって、実物が存在しないものを模型で作ることがある。おもちゃはほとんどフリーランスだ。でもある意味で、フリーランスは最高に難しい。お手本がないから、設計図を自分で描かなくてはならない。どうしてその形になるのか、その理由を考えなければならない。そして、その理由を考えるとき、模型がなんらかの実用的機能を持っていることは大切だ。

庭園鉄道はおもちゃではあるけれど、実際に人間や荷物を運ぶことができる。ここに様々な要求が生まれ、そのためのデザインが必要になってくる。失敗を重ねて、技術は向上し、形も洗練されてくるのだ。

この十年間の庭園鉄道建設で、僕は「鉄道工学」の模型を作ったように感じている。とても面白かった。そして、これからもまだまだもっと楽しめると思っている。

「産経新聞」２００７年7月22、29日、8月5、12日に掲載

# 動くものを作る

読書情報誌に寄稿したもの。工作に関する新書を同誌の出版社から出したとき、そのプロモーションで依頼が来た。このようなものが宣伝効果があるとは、これっぽっちも考えていないけれど、こうして書いておけば、いつか役に立つこともある。いつ？　今でしょう。

子供のときから工作が大好きで、作る対象で共通していることといえば、どれも「動くもの」だという点である。プラモデルから始まり、ラジコンのレーシングカー、ヨット、飛行機、そして鉄道模型など、いろいろ経験してきたけれど、これらは全部動く。どういうわけか、動かないものにはほとんど興味がなかった。これは今でもあまり変わらない。というよりも逆に、動かないものを作る意味が、僕にはよくわからないのである。

たとえば、乗りものの中では飛行機が一番好きだけれど、プラモデルの飛行機を作りたいと思ったことは、子供のときには一度もなかった。プラモデルの飛行機は動かないし、飛ばない。そんなものに大事なお小遣いを使いたくなかった。プロペラが回るものがせいぜいだ。それでは扇風機と変わらない。ようするに、実物の機能を一部でも実現することが、僕には重要だった。それが模型やおもちゃに不可欠な条件である、と僕は考えているようだ。

大学生になったとき、プラモデルの模型展がデパートで開催されたので見にいった。展示されている作品は、実物に似せて精巧に作られたものばかりだが、例外なくどれも動かない模型だった。不思議でしかたがなかった。何故、動かないものをわざわざ作るのだろう？

ちょっと飛躍するが、これによく似た感想を持ったことがある。それは写真についてだった。最近では、写真はわざわざ「静止画」と呼ばれている。今の若者は生まれたときから動画を見て育っているし、ケータイで動画をいつでも簡単に撮影し、どこでも再生できる。そんな彼らには、どうしてわざわざ止まった画像を撮るのか、その意味がわからないのではないか。年輩者が思いもしない感覚を、彼らは持つはずだ。今後ますます、そういう世代になるだろう。

記憶容量という条件を除外すれば、写真が止まっていることの価値とは、紙に印刷ができることくらいだ。記憶やコピィのコストを抑えるためには、情報量が少ない方が有利だった。そのためにわざわざ「止めた」というわけではないが、今ではそういう存在理由になりつつある。紙に印刷するコピィ方法だって、そろそろ時代遅れだ。止まっている理由はもうなくなってしまう。白黒写真のように、静止画は既にレトロで特別な存在になった。

よく考えてみてほしい。止まっていることは、実に不自然なのである。子供が初めて写真というものを見たとき、「どうして止まっているの？」という疑問を抱くことを貴方は想像できるだろうか。その感覚はとても素直であり自然だ。何故なら、僕たちの周りにあるすべてのものが動いている。止まっているものなど自然界にはひとつもない。人や動物はもちろん、植物だって、風景だって、地球だって、宇宙だって、すべて動いているのだ。

岩は動かない、と思われるかもしれないが、それは短い時間における観察にすぎない。また、ダムは動かない、とおっしゃるかもしれないが、日射で温められ、中央なら軽く一メートルくらいは毎日動いている。たまたま、大まかな解像度でしか観察していないだけのことだ。

それだけではない。たとえ不動の静物が存在したとしても、僕たちの目で見たときには動いて見える。それは視点が動いているためだ。立体の形を捉えるとき、人間は視点を移動させて、物体の周囲から、あるときは内部にまで入って観察をする。そういった動画によって初めて立体の形を捉えることができる。

　こうして考えてみると、世に存在する動かないもの、動かない概念というのは、たいてい人間が作ったり、想像したものだ。仏像や建物などは、壊れないように、変化しないように、すなわち止まっていることを追求した技術の産物といえる。残念ながら、もちろん永遠に止まってはいられない。人間は常に不変を求めてきたが、それはとうてい叶わない願いなのだ。

　人間は二本足で立っている。重心や形状から考えれば明らかに不安定だ。じっと立っている状態も、止まっているわけではない。現に、死んだ人間は立たない。センサとアクチュエータ機能が働いていなければ、不安定な状態で立ち続けることはできないのだ。しかし、カーネル・サンダースの人形はどうだ？　動力などないのに立っているじゃないか、と言われるかもしれない。それは違う。あれは立っていない。寝ているのである。人間が作った安定した形は、ポテンシャル的には「寝た」状態なのだ。起上り小法師《こぼし》は、起きようとするのではなく、倒れよう、寝ようとしているだけだ。力学的に見ればそうなる。

　昨年から僕は、ジャイロ・モノレールというものの研究を始めた。ちょうど百年ほどまえにイギリスで発明・開発された技術で、独楽《こま》の原理を応用して、レール一本の上でバランスを取って立ち、カーブでは飛行機のように傾いて走ることができるモノレールである。当時この発明は日本でも大きく報道され、鉄道の歴史を塗り替えるだろうとまで評された。不安定そうに見えて、何故か倒れない。実は倒れないために相当なエネルギィを消費することが、このモノレールの唯一の欠点である。開発直後に戦争になったこともあってか、残念ながら実用化されなかった。

最近、何人かがこれを模型で作ろうとしたけれど成功しなかった。日本にこの人ありといわれる鉄道模型界のカリスマ井上昭雄《いのうえてるお》氏も三年まえに挑戦されたが、やはり実現できなかった。僕は力学が専門なので、井上氏からアドバイスを求められたのだが、どう考えても無理ではないか、という感覚的な意見しか返せなかった。ジャイロ・モノレールをネットで検索しても、百年まえの魔法のような写真や逸話《いつわ》が残っているだけで、近年の成功例は皆無である。つまり、静止画だけで動画は存在しない。

それが、突然閃いた。もしかして、と思い、その後は研究に没頭。まずは、手に入る文献をすべて読んだ。しかし、核心の部分を説明しているものはない。運動方程式から展開した数式を載せている記事が、唯一参考になった。おそらく元の文献を部分的にコピィしたものと思われる。著者本人が理解していないことが明らかだった。間違いも散見されたので、その数式展開をもう一度自分でやり直してみると、僕の発想と同じ結果を導くことができた。

それからというもの、毎日実験である。幾つもの模型を作り、少しずつ実証していった。そして一カ月後に、試作八号機がようやく一本のレールの上で立つことに成功した。そのあと作製した九号機を走らせて動画を撮影し、ネットで公開したところ、世界中から反響があった。ジャイロ・モノレールが動いているところの映像は、世界初だったのだ。イギリス人から「それは百年まえにイギリスでパテントになった技術だ。君はそれを知っているか？」というコメントが来たときには、思わず笑ってしまった。知らずにできるわけがない。僕が公開した動画や写真を見ても、同じものをすぐに作れる人は、世界中探してもまずいないだろう。少なくとも理屈を理解していなければならない。専門家でも一カ月はかかるはずである。アメリカのサイトで「Improbable（ありえない）」と紹介されたが、静止画では簡単に信じてもらえないことでも、動画であれば説得力を持つのは、人間の自然の感性に基づいているからだろう。

動くものを作るということは、「理屈では可能なものが、なかなか実現できない」という経験である。何故できないのか、と考える。どこが悪いのか、と考える。毎日毎日それればかりを考え続けるのである。ときには、できない理由が明確になるときもあるし、またあるときは、その理由が乗り越えられないことまでわかることもある。それでも、苦労と工夫の時間のあとには、「思ったとおりになる」ときがやがて訪れる。理論どおりに動く、すなわち、自分が思ったとおりになる、という喜びを味わえる。そのときに感じるのはまさに「自由」だ。自分が思い描いたものがこの世に現れることは、本当に素晴らしい。動くものを作ることの意味が、そのとき一瞬だけ、予感のように僕の中を駆け抜ける。

小説だって、動くものを作ることに限りなく近い。動かない小説では意味がないのだ。したがって、僕は、仕事でも趣味でも、動くものを作っていることになる。たぶん、こういう人生なのだろう。

「青春と読書」２０１０年３月号（集英社）に掲載

# 個人研究と科学

文芸誌へ寄稿したもの。「科学」を特集した号だったと思う。この文章は、高校の教科書にも採用され、案外一般に広く読まれる結果となった。だから何だというわけでもないが。

研究という仕事は若い発想とエネルギィを必要とするから、歳を取るとどうしても最前線から離れてしまう。しかし、文献を調べ、知識を駆使するような分野や、あるいは個人的な楽しみで行う研究ならば、年齢には無関係だろう。

常々、「hobby」を訳した「趣味」という日本語が、社会で誤解を招いているように感じる。「hobby」というのは本来は「個人研究」に近い意味合いであって、そういった研究テーマを持っている人（昔は裕福な人に限られただろうが）は社会的にも尊敬される、というのが欧米の古くからの価値観だ。日本のオタクが海外で高く評価されるのもこのためである。日本人にとっての「趣味」もこれからそうなっていくだろう。コレクションなども同様で、ただ数多く収集することだけに価値を見出している向きもあるけれど、実はそうではない。集めるのは研究のための資料であり、評価されるのは研究成果である。

三年ほどまえ、ジャイロモノレールというものの研究を始めた。僕は建築が専門なので、機械工学の分野はまったくの専門外である。ただし、最先端の技術開発ではなく、どちらかというと考古学に近いジャンルといえる。というのも、百年ほどまえに発明されたものの、その後、継承者がなくほぼ失われてしまった技術を、古い文献や図面を調べ、復元したものだからだ。科学も工学も、そろそろ数百年の歴史を刻もうとしていて、次々に新技術が登場するなかで、少し古いものは見向きもされないから、たちまちノウハウが失われてしまう。気がつくと、誰も理解できない、誰もそれを作れない、という事態になっていることが珍しくない。

ジャイロモノレールというのは、モノレール、すなわち一本のレールの上を走る鉄道である。一般に知られているモノレールは、太いレールに跨《また》がっているか、レールから車体がぶら下がっているか、のいずれかだが、ジャイロモノレールは、このどちらにも属さない。普通の鉄道のレールを一本だけ使い、その上に立って左右のバランスを自動的に取る。そのまま倒れずに走るのである。

百年まえには大いに注目された新技術だった。当時、二本のレールでは高速化に限界があると考えられ、未来の高速輸送はモノレールしかない、というムーブメントがあった。ジャイロモノレールは、カーブを曲がるときに遠心力と釣り合うようにカーブ内側に傾いて走る。乗員には横方向の加速度がかからないので、急カーブでも高速で走り抜けることができる。

オートバイや自転車などの二輪車は、左右のバランスを取って走るが、これは左右に自由にコースを変えられるためで、レールの上で車輪の横動が制限されると走ることはできない。もちろん止まれば倒れてしまう。では、左右のバランスをどうやって取るのか。現代だったら、加速度センサがあり、コンピュータ制御があるから、実現はさほど難しくないだろう。二足歩行ロボットがそれを証明している。だが、百年まえにはそんな電子技術は存在しなかった。

モータと歯車といったいわゆる機械だけで、これを実現したのがジャイロモノレールである。ジャイロというのは、コマのように高速回転するロータを内蔵した装置で、これがバランスを取るために重要な役目を果たす。ジャイロモノレールは、停車しているときでも直立して倒れない。乗っている人や荷物が片側に偏っていても倒れない。それどころか、横風を受ければ、風上に傾いて抵抗する。カーブ走行で働く遠心力に抵抗するのも同じ原理で、まるで生き物のように自然にバランスを取る。

発明当時には、三十人も乗れる車両が存在したのだが、やがて世界大戦になり、実現の遠い研究には資金が集まらなくなった。ジャイロモノレールは、少なくともエコではない。機関車だけでなく、すべての車両にジャイロを搭載し、これを回し続ける必要があるため、エネルギィの無駄遣いが甚《はなは》だしい。したがって、実用化するメリットはほとんどない代物といえる。しかし、人間というのは、けっこう無駄なことをする生き物だ。月に人を送るために、いったいどれだけ頭脳、労力、そしてエネルギィが使われただろうか。「夢」というものは、本来そういうものではないのか。まさに、個人研究に相応しいテーマである。

古い文章や理論式をトレースするのに時間がかかったが、それらが理解できたので、「これは実現できる」とまず確信した。なにしろ、ネットで探したところ、この百年まえの発明はインチキで、残っている写真はトリックだ、と書かれているものさえあったのだ。

理屈がわかったので、その後は実験を繰り返した。昨年の秋頃に、自立して走る模型を製作することに成功し、その走行シーンを動画でネットに公開した。すると、世界中からメールが殺到した。全部で四百通以上、二十数カ国に及んだ。アメリカの機械学会の委員会から質問攻めにあったし、アメリカ・ユニレール協会の副代表の人からは、招待するのでアメリカで講演をしてほしい、と依頼された。そのモデルを売ってくれ、いくらなら売るか、という問い合わせもあった。

ようするに、それくらいジャイロモノレールに関心を持ちながら、誰もこれを作れなかったのだ。難しかった理由はよくわかる。理論がかなり難しく、さらに機構的にもやや面倒な部分があるため、技術屋では理屈がわからないし、理論屋では工作できない。両者に通じていないと作れない。

僕は、たまたま力学が専門だった。研究分野は流体力学なので、動力学の基礎があった。また、大学改革で教養部が解体されたとき、学部生に数学を教える教官がいなくなり、しかたなく猛勉強して講義を担当した。ベクトルの内積や外積について、学生から「先生、こんなの何の役に立つんですか?」とよく質問されたが、正直にいえば僕自身わからなかった。しかし少なくとも、僕にはもの凄く役に立った。ジャイロモノレールが作れたのは、このときの勉強のおかげである。

成功のあと、すぐに理屈や作り方を模型雑誌に発表したので、多くの人が同じ機構のものを作り、今では何台ものジャイロモノレールが存在している（まだ日本にしかないが）。これはつまり、「できる」ことがわかったからだ。人間は「可能だ」と知れば、それを作ることができる。少なくともその努力ができる。逆に、作るのをやめるのは、可能性を信じられなくなったときだ。

最初に作る人間は、それが可能なのか不可能なのか、という手掛かりを「理論」に頼らなければならない。それは、宗教のような「信じる」ものではなく、「正しい」ことの証明であり、「見通し」に近い感覚である。理論を正しく見通すことができれば、それを実現するために努力できるし、もしその証明にミスがなければ、いつかは必ず実現できる。

僕の場合も、理論を理解していなかったら途中で諦めていただろう。実験は失敗の連続だった。作っては試し、失敗しては作り直す。「もしかして、できないのではないか」と疑ってしまったら、もう進まない。「必ずできる」という確信があるからこそ、続けられるのである。

「技術」あるいは「工学」、そして「科学」というのは、基本的に人類が共有できるノウハウのことである。一人がなにかを見つければ、すぐに発表し、大勢に確認をしてもらう。科学には「秘伝」はない。他者に言葉で伝えられないようなものは「テクノロジィ」ではない。誰かが手に入れれば、それがみんなのものになる、ということが科学の最も素晴らしい特徴である。

『yom yom vol. 17』２０１０年９月27日発行（新潮社）に掲載

## 僕は宇宙少年だった

一般雑誌への寄稿。「宇宙」の特集だったと記憶している。どうして森博嗣に依頼してきたのかわからない。単に「理系」というだけしか理由がない。第2章「僕の小説の読み方」と同じく、「お願いを断らないカード」で書かされた。このカードで、実は新書も一冊書いた。カードの持ち主は、その後亡くなったので、カードの有効性も既に消滅している。

小学四年生のとき、市立科学館の「星の会」に入会した。プラネタリウムで簡単なレクチャがあるだけの会だったけれど、プラネタリウムが見られるだけでも楽しいし、もちろん会費は母が出してくれた。会員のほとんどは歳上で、中学生や高校生もいた。そこで、重力の性質について説明があって、月と地球の大きさの比などから、月面の重力加速度を求めてきなさい、という宿題が出た。

今の小学生だったら、ネットで検索して答を導くだろうけれど、当時はもちろんそんなものはないし、周囲の大人に尋ねても、「重力加速度？」と首を捻るばかりである。

家にあった百科事典などで調べ、なんとか自分なりに考えて答を出した。そんな覚えがある。今思えば、とても簡単な計算なのだが、当時は「科学したなあ」という満足感があった。

あの時代（約五十年まえ）の小学生というのは、今の小学生よりも科学少年・科学少女だった、と思う。僕は同じ四年生のときには、ラジオを自作した。ハンダづけをしたし、パーツはバスと地下鉄に乗って専門店へ買いにいった。学校のクラスメート数人と、ラジオの回路図で議論をした。抵抗値などは既に計算ができた。科学は、それくらい子供たちに親しみのある共通の夢だった。

今はどうだろう。僕の子供たちは、もう三十代だが、彼らが子供の頃には、既にそんな小学生はいなかった。みんなミニ四駆かガンプラで遊んでいた。ハンダづけは危険だからと触らせてもらえなくなっていた。

僕は、五年生のときに、薬屋へ硫黄《いおう》と硝酸を買いにいった。お年玉をもらったので、それを持っていったのだ。いくらかわからないが、少量ならば買えると考えた。店主が、どうしてそんなものが必要なのかと問い質すので、ロケットの実験をするためだと答えると、危険だから子供には売れないと言われた。そのときの残念さを今でもよく覚えている。家に帰るまで泣くのを我慢していた。

六年生になって、アマチュア無線の免許を取り、真空管を使った送信機を作った。十メートルもあるアンテナを張って、十キロほど離れた友人の家で受信してもらった。モールス信号を送ったのだ。しかし、母がテレビが見えない、と文句を言いにきた。モールス信号に合わせて、テレビの画面が真っ白になっていたのだ。この障害は、真空管にお茶の缶を被せて改善された。電波は、宇宙へも飛ぶものだ、と夜空を眺めて想像していた。

ロケットの実験は結局諦めた。火薬を作っていたら大怪我をしたかもしれない。薬屋の店主には、今では密かに感謝をしている。

ロケットは作れなかったが、その後はグライダ、そして飛行機へと興味が移っていく。模型の飛行機を幾つも作った。

宇宙の観測には、不思議に興味を持たなかった。友人が持っている望遠鏡を覗かせてもらったのだが、星は全然大きく見えなかったし、月の地球側半面のクレータが多少鮮明になる程度だったからだ。

僕が高校生になる頃に、妹が反射望遠鏡を買ってもらったので、それで観測につき合ったくらい。何故か、さほど胸躍らなかった。ただ図鑑にあるとおりの位置に星が見えるというだけだ。

高校くらいまでは、電子工学の道へ進むつもりだったが、大学は何故か建築学科に入った。偏差値が高い順に第一、第二、第三志望を願書に書く。建築学科の方が電子工学科よりも上だったので、そうしなさいと先生に指導され、出願をしてしまったからだ。

しかし、大学生になってようやく学問に熱中するようになり、大学院へ進み、その後、隣の県の大学で助手に採用された。母校に戻って助教授になったときには、専門は流体力学で、授業では、数学、力学、材料工学などを教えた。

この力学というのは、ニュートン力学であって、重力加速度の計算とほぼ同じレベルだ。ベクトルとかテンソルとか、扱う記号が増えただけのこと。やっと「星の会」の宿題のレベルに至ったといえる。

日本人が宇宙飛行士になって、ときどきマスコミも取り上げる。昔ほどではないにしても、今でも少年少女たちの一部は、宇宙に夢を抱いていることだろう。

ただ、みんなが「宇宙」と言っているのは、「大気圏外」という意味だし、もっと限定すれば、「地球周辺の地表以外」のことだ。宇宙はもっと広い。そして、この地球だって宇宙なのである。

僕たちはみんな宇宙人だし、毎日、宇宙で暮らしているのだ。地球の重力で、少し物質が集まって密度が増しているだけだ。空気や水があるからといって、宇宙ではないとはいえない。地球を宇宙から除外するのは、「東京の大学へ行きました」と言ったときに東大が除外されるのと同じ理屈かもしれない。

身近な物質の中にも宇宙がある。空間があって、幾つかの未知の力が作用している。人間の躰《からだ》も宇宙だ。人類は月面に至ったけれど、わずか十キロメートル程度の深海や、地中深くへは、いまだ到達できていない。

子供の頃から不思議だったのは、どうして真空中を重力が伝わるのか、ということだった。今でも、ときどきその手の本を読んで、宇宙を体験している。

そういうわけで、僕はずっと宇宙少年である。そろそろ、宇宙老年になるのだが……。

「考える人」２０１５年秋号（新潮社）に掲載

第5章

# 森思考

考え方、スタンスに関するエッセイ。

学校の先生が読む雑誌だったと思う。子供にものを教えることはとても難しい。僕の場合、相手が大学生だったから、比較的簡単だった。年齢が下がるほど難しくなるし、効果も大きく、また責任も重くなる。絶対に先生にだけはなりたくない、と昔から思っていた。

# 現代人の力

大学一年生の講義で最初にこんな出題をする。「もし、今、なにも持たずにそのまま、たった一人だけ過去へタイムスリップしてしまったとしよう。どうやら江戸時代らしい。変わった服装をしているため殿様のお城へ連れていかれた。さて、この時代で、君は生きなくてはならない。未来人として君たちが持っている知識や技術を、その時代で活用し、それによって君たちは自分の立場を確保する必要に迫られる。なにか当時の人たちの役に立つようなことをしなければ、殿様に手打ちにされるかもしれない。考えなさい。何ができますか？」

ケータイを見せて驚かせる、という意見が多い。しかし、電話としての機能は使えない。写真が撮れるから、最初は少しびっくりされるだろう。しかし一週間もすればバッテリィが切れてしまう。「このまえの術はまやかしだったか！」と殿様の怒りをかうだろう。同様の発想で、所持していた筆記具、写真、眼鏡、コンタクトなどを見せる、と答える学生も多い。しかし、驚かすだけでは役に立たない。「面白い。では、それを作ってみせい」と殿様から言われた場合、誰も自分でそれを作ることができない。作るためには、相当な技術力が必要であり、新しい材料もエネルギィも不可欠だ。現代人は誰もそんな知識を身につけていない。

では、どうする？

歴史の授業で習ったことを思い出し、未来はこうなる、と語ったところで信じてもらえない。世界地図や太陽系を描いたところで、それを証明する手立てはないのである。

理系の学生の中には自信ありげにこう言う者もいる。「電池を作ります。当時の材料だけで僕なら作れます」と。しかし「電池を作って何に使う？」と尋ねると、彼もそこで黙ってしまうのだ。電球は作れるのか？　モータはどうだ？　まあ、電磁石くらいならなんとか作れないでもないが、それを何に利用すれば良い？

現代人は小さなときから教育を受ける。高度に成長した文明の中で、現代にしかない技術に囲まれて生活している。しかし「個人の力」として独立して成立するものは本当に少ない。過去へ一人で送り込まれたとき何を作れるだろうか？　どうやって社会に貢献できるだろうか？

その一つの答は、数学である。

たとえば、現代の大学生が持っている数学の力は、江戸時代ではおそらく魔法にも匹敵する特技だ。しかも、いろいろな方面で役に立つ。これを教えれば、なんとか殿様に重宝され、それなりの地位を得られるだろう。数学が、「人間の力を増幅する」身近な道具であることの証《あかし》である。

思考力も記憶力も、重いものが持ち上げられる、速く走れるなどと同様に、人間の能力の一つだが、現代では機械という道具によって、力がいずれも増幅されるようになった。唯一、発想力だけが、まだ個人のものである。これだけは、どこへ行っても、いつであっても、「人の力」と呼べるだろう。その力を磨くことこそが、数学を学ぶ主たる理由にちがいない。

「教科研究　中学校数学　№.１７７」２００５年１月発行（学校図書）に掲載

# どこを見ているか

大学を辞めるとなったとき、一文書いてほしい、と依頼され、研究科（大学院）の機関誌に寄稿した。文部科学省から予算を取るために、名称を変え、組織を改編し、模様替えばかりして、本質がまったく変わらない、そんな大学運営のあり方を批判している。少数の先生方から、「よくぞ言ってくれた」とメールが来たので、「いえ、普段から言ってきましたけれど」とリプライした。

人の視線というのは不思議なもので、ずいぶん遠くからでも、その人がどこを見ようとしているのか、その視線の先をだいたい知ることができる。感情にコントロールされた表情以外で、人の顔が持っている最も重要な情報の一つではないか、と思われる。

これは、目で見る「視線」だけに限った話ではない。その人物が、あるいはその集団が、今どこに注目しているか、何を見ようとしているか、という「姿勢」は、なんとなく直感的にも伝わってくるものであるし、また、それによって、その人間、あるいは組織が評価されることも多い。ときには、これまでに何をしてきたのか、ということよりも重要となる。

たとえば、誰かと知り合ったとき、その人が過去に何をなしたか、を気にする人と、これから何をしようとしているのか、に興味を持つ人がいるだろう。これからしようとしていることは、なかなか形や数字にはなりにくいうえ、それを正確に予測することも不可能だ。それに比べれば、過去の業績に情報を求め、それらから未来を類推する方が多少は信頼できるかもしれない。これが単純作業を繰り返す機械ならば、過去の実績がすなわちスペックであって、それを基に将来が設計できる。しかし、生きている人間の場合には多少のリスクを伴うだろう。

人は移り変わりが激しい。お調子ものである。劣化も早い。これは、人間が作った組織でも同様だ。

ところで、これらを見極める側に注目すると……、歳を取った人ほど、過去のデータに拘って評価する傾向にあるようだ。業績を重んじるようになる。それは、自分がそれだけの歴史を体験してきたからにほかならない。

一方、若者は将来の夢を語り、その夢に惹きつけられる。老人たちが「何を空言を……。まず、なにかやってみせたらどうだ?」と一笑するかもしれないものに対してでさえも。

この場合も、人がどこを見ているか、という視線の先が、やはり若者たちが予感する未来への手掛かりとなっているようだ。

さて、何の話をしているのかと思われたかもしれない。

大学の先生は、今どこを見ているだろうか？

大学は、どこを目指しているだろうか？

若者はそれを感じている。

サッカー選手に憧れる子供たちは、スター選手の視線の先を感じ取る。それは、スター選手がファンサービスをするときでもないし、契約のためスポンサと交渉するときでもない。そうではなく、彼らがボールを追う目、ゴールを狙う鋭い視線こそが、ファンを魅了するのである。

同様に、学生や、これから大学へ進学しようとする若者たちは、大学の先生が学生のサービスに努める姿を求めているわけではない。また当然ながら、研究予算を獲得するために忙しく申請書類を作っている姿に憧れているわけでもない。学者として、研究者として、自分が知りたいもの、解決したいもの、作り上げたいものへ向かっている視線に魅力を感じるだろう。

少なくとも、学生だったときの僕はそうだった。そういう先生たちの視線を垣間見たからこそ、自分も大学に残ろうと決心した。そして、これがすなわち「大学の魅力」だと考えた。今でも、そう信じている。

大学も、大学の先生たちも、いろいろなサービスをする。学生のために、市民のために。そんなイベントの参加者からアンケートを採れば、「来て良かった」に○を集めることができるだろう。それなりの成果は挙がるにちがいない。大学も、大学の先生たちも、いろいろな資金繰りをしなければならなくなった。研究のために、運営のために。そして歪《ゆが》んだテーマや、あるいは張りぼてのような企画を繰り出す。これも、やっただけの成果は挙がるだろう。しかし、学生や市民の方を見ている振りをしつつ、本当のところは、文部科学省を気にしている。それは将来を見据えた視線には映らない。スポンサに気遣うことは、企業にとっては基本であるけれど、飾ること、つまり見てくればかりに気を取られ、どんどんコンテンツが乏しくなっていく。老人を喜ばすことはできても、若者は誤魔化《ごまか》されない。必ずそれを見抜くはずだ。

自動車メーカは、ユーザのためのサービスや、収益をいかに上げるかが重要であるが、Ｆ１グランプリで優勝を狙おうとする目、他社より少しでも高性能なエンジンを生み出そうとする視線、利潤追求からすれば余分とも思えるそんな姿勢にこそ、企業の未来の「力」が感じられ、それが魅力として次世代の目には映る。

サービスも資金繰りも必要である。しかし、それが本来ではない。それが大学の「力」ではない。「戦略的」という言葉が、単に「予算取り」という意味にしか使われていないのは、大学がいかに「鈍い」かを示している。飾る努力のために失われた時間で、大学が持つべき力は弱くなる。確実に弱体化している。かつて、雑事を気にせず研究に没頭できた時代があって、その過去の遺産で今の大学はどうにか持続しているようだ。まるで、化石燃料を食いつぶすように。

僕の息子は、数年まえに国立大学を受験することになった。僕は、自分の子供に対しては、まったくの放任主義だったので、成績簿を見たこともなく、彼がどこの大学を受けるのかさえ知らなかった。しかし、自分は大学で働いているのだから多少の興味が湧き、あるとき、「理系だよね？」と尋ねてみた。すると、彼は大学のガイドブックを捲《めく》りながらこう言った。「うーん、やっぱり工学部か理学部かな」と。そう聞くと、志望学部・学科を知りたくもなる。きいてみると、「まだ決めてないけれど、少なくとも『人間』と『環境』と『情報』が付くところだけは避けたいと思ってる」と答えるのだ。理由は、「みんなも話しているけど、なんか胡散臭《うさんくさ》いしぃ」とのことだった。

そういった名称に変更しなければならなかったのは、学生を見ている振りをしつつ、文部科学省を向いていた明らかな痕跡であるが、若者はおそらく本能的に、その組織がどこを見ているのか、その視線の先を感じ取る、そんな力を持っているようだ。

人間の生活のために社会や地球の「環境」を維持するという観点は、もちろん重要であるし、そのために、「人間」を見つめ直すことも、また「情報」を駆使することも当然である。工学や理学においても、昔から基本中の基本だ。この当然すぎるものが名前になっている曖昧さは、やはり拭えない。

地球環境の維持において最も重要なことは、人間の数を減らすことだと思われる。だが、それは一般にはほとんど謳《うた》われていない。何故かそのテーマの話を聞く機会は少ない。どうしてか？　そんなテーマでは予算が取れないからだろうか？　おそらくは、最愛のものはやはり人間であり、人間の繁栄が大前提ということなのだろう。

大学の変革を二十年ほど身近に観察してきた。そのつど僕が考え、また発言もしたことは、「人員を減らすべきである」ということだ。客観的に見て明らかに「自然」

であるのに、何故誰も口にしなかったのだろう？　おそらくは、最愛のものはやはり組織であり、組織の繁栄、ポストの増加・維持が大前提ということなのだろう。それは、もしかしたら正しいかもしれない。僕には判断がつかない。でも、本能的に危険だと感じずにはいられなかった。

どこを見ているのか、という視線が、どうもいつもずれているようだ。僕は、研究に没頭して、自分の興味のために身を削ったし、それが社会のためにもなれば、もちろん幸せだと思ったけれど、しかし、自分が見たいところを見続けてきた。大学は僕にとってはこのうえなく楽しいところで、嫌な思いなどまったくしていない。そのことには本当に感謝している。そして、危険を感じつつも逃げ出さない、一番見るべきところを知りながら目を逸らしている、そんな大勢の勇気ある善良な人たちに囲まれて過ごした二十数年だった。

（２００５年５月　パリにて）

「ＫＷＡＮ［環］10号」２００５年７月発行（名古屋大学大学院環境学研究科）に掲載

# パズルの世界のリアリティ

わりとメジャなパズル雑誌に短期連載を依頼され、パズルやミステリィについて書いた。

## 第1回　探偵の立ち位置

ミステリィ小説を幾つか書いてきた。ファンの中には、物語を楽しむ人のほかに、ミステリィ内に潜むパズルに関心がある人もいる。パズル、クイズ、あるいはゲームでも良い、解かれるべき問題があって、それに頭を悩ます時間というのは楽しいものだ。僕も嫌いではない。ついつい考え込んでしまう方である。

答が導かれたとき、当然ながら、それが正しいと自分でもわかる。しかし、「ああ、そうか」という気持ち良さ以外に、いったい何が得られるのか、ということを今回の連載では少し考えてみたい。そんなもの、なにもないだろう、という答が予想されるものの、そこをなんとか頭を捻《ひね》ってみたいのだ。

何故、そんなことを考えようと思ったのか、というと……。

ミステリィに出てくる「探偵」と呼ばれる主人公は、物語の中でパズルを解く役目であり、いかにこの主人公のことを「格好良い！」と読者に思わせるか、という点が作家の力量といえる。いくら「美形だ」と書いてもイメージはそれぞれだし、いくら「機敏だ」と運動能力を示したところで、これも絵空事である。「彼は三メートルの塀を飛び越えた」と書くことは容易《たやす》い。つまり、「そんなものどれだけでも書けるじゃないか」となってしまう。同様に「彼は頭脳明晰である」と書くだけで尊敬してもらえるわけではない。

やはり、どのように頭脳明晰なのかを具体的に示す必要がある。それには、探偵が解くパズルを提示し、同条件で読者にも考えさせ、そして、(ここが重要な点だが)読者が気づく僅かに手前で、探偵に解かせなければならない。「ああ、そうか、どうして私は気づかなかったのか」と思わせる、そのぎりぎりを狙うのが理想的なミステリィといえる。

パズルがあまりに簡単すぎると、読者がさきに見抜き、「この探偵は馬鹿か」となるし、あまりに難しいと「そんなものわかるわけないじゃないか」と怒り出す。念のために書いておくが、ミステリィをこのようにパズルとして読み、探偵と知恵比べをする読者というのは、僕のファンでは推定五パーセントくらいであり、少数であることは確かだ。作者としては、九十五パーセントの読者のために面白い物語を指向するけれど、五パーセントの読者のためにパズルを密かにサービスすることになる。

ところで、現実には、このような「解かれるべきパズル」というものがほとんど存在しない。そのことにお気づきだろうか？

たとえば、現実にはミステリィに登場するような犯罪を暴く「探偵」なる人物はいない。警察が情報を集め、科学的な分析をして、犯人を割り出す。犯罪を立証し、裁判に持ち込むのだ。また、それ以外にも、身の周りのことを思い出してほしい。どこかにパズルがあっただろうか？　日常生活の中で、パズルを解くような場面があるだろうか？

こういったことからもわかるように、「パズルを解く」という能力は、現実世界では役に立つことがまずない。これは、ゲームでもクイズでも同じだ。将棋や囲碁のように伝統的なゲームは例外中の例外で、一部の強者《つわもの》がプロになって、それを職業にできる。一種のエンタテインメントである。しかし、ゲームでいくら強くても、就職で役に立つことは滅多にない。クイズに強くても、テレビのクイズ番組に出て賞金を稼ぐくらいしか役に立たない。そういったことが仕事にはならないのが普通だ。

続きます。

うーん、困ったなあ。もう結論か……。いやいや、もう少し考えてみよう。次回に続きます。

## 第2回　境界条件の非現実性

問題には二種類ある。条件だけが与えられて、とにかく考えなさい、計算しなさい、というパターンと、さあ、この不思議はどうして？　と不条理さを見せて煽るパターンである。

前者は、いわゆるパズルであり、「計算」とはいうものの、すぐれた問題ほど、その計算のプロセスに仕込まれたギャップがあって、思考のちょっとした飛躍を余儀なくされる。しかし、それが爽快なのだ。やってみた人（飛び越えられた人）にしか味わえない。「どうしてそんな暇つぶしみたいなことで時間を使うの？」と周囲からは言われているだろう。そういう場合は、こう答えるのがよろしい。「お百姓さんが畑を耕すのも、暇つぶしだと思う？」

後者の不思議さで煽るパターンも、想像のジャンプを促す点では基本的には同じなのだが、考えさせるための、わかりやすい「動機」が先行している。たとえば、知恵の輪がそうだ。「外せるはずなのに外れない」「どうやってこれをはめたのか」といった、一見してわかりやすい「不思議」が現れている。ミステリィ小説の中でも、「パズラ」とか「本格」と呼ばれるものは、この要素が強い。「密室」や「死体消失」など、不思議な不可能犯罪によって、読者に考える「動機」を与えているのである。簡単にいえば、不思議さで装飾されているだけなのだが。

世の中の多くの人たちは、基本的に考えたくない、小難しいことを考えるのは面倒なのだ。できるだけ考えないで生きていきたい。それは、できるだけ運動したくない、と同じだろう。ところが、少し躰を動かしてみると、誰でもなんとなく気持ち良さを味わえる。疲れるほどやると逆効果だが、その少し手前ならば、なかなか爽やかなもの。だから、「騙されたと思ってやってごらん」に代わる動機をなんとかして与えたい、というのが、パズル出題者の気持ちである。

ちなみに、パズルマニアになってしまった人は、運動好きと同じで、もう頭を動かしていないと気が済まない。こういう人たちには、既に「不思議」などという「動機」が必要ない。「無駄な話はいいから、問題の核心を早く教えてくれ、考えるから」というスタンスの人が多い。ミステリィ小説なんかまどろこしくて読んでいられないだろう。

さて、今回の連載のテーマは、そんなパズルを思考する「意義」についてである。そんなものがあるのか、というテーマに果敢にも挑んでいるのだ。スポーツからヒントを得るとわかりやすいが、まず、パズルを解く行為は、そのパズルの解が得られることだけが価値・目的ではない。勝つことが目的ではない。当然ながら、汗を流すことで得られる快感が第一だが、そのほかに何があるのか、といえば、それはやはり、お百姓さんが畑を耕すようなもので、自分の躰や頭が耕される、という効果だろうか。日頃から耕しておけば、いつかきっとなにかの役に立つはず、という楽観。まあ、楽観である。これしかない。

ところが、残念ながら現実には、パズルのような問題などまず出現しない。どこが違っているのかといえば、これが、つまり条件の明確さだ。

パズルに与えられる条件は非常に単純明快である。世の中には、こんなきっちりとした境界条件はまずない。そもそも、条件が把握できない、という点自体が既に問題なのである。したがって、現実においては、問題の条件を把握することが最重要であって、問題を解くことは重要視されていない。会社などの組織では、トップが問題を把握し、部下たちが大勢でそれを解決している。計算する人は沢山いるのだ。

なんだ、パズルを解くことは労働なのか……、いやいや、まだ考察は続きます。

## 第3回　不思議さの必然性

ダイイングメッセージというのは、ミステリィで登場するアイテムで、瀕死の被害者が最後に残したメッセージのこと。たいていの場合、それは犯人を示す暗号である。探偵や読者は、そのメッセージが何を意味するのか、誰を指し示しているのか、に頭を捻ることになる。

たぶん現実にはありえないだろう。僕が知る限りでは聞いたことがない。たとえ犯人の名がずばり書かれていたとしても、せいぜい参考になる程度で、決定的な証拠にはならない。「私がやりました」と犯人が名乗り出ても、決定的な証拠にはならないのだ。

物語では、ずばり犯人の名前を書けば良いところを、何故か、わかりにくい暗号にしてしまう。どうしてか。それは、万が一犯人に見つけられたとき消されてしまわないためだ、と理由づけされている。しかし、僕が犯人だったら、意味不明であっても、とりあえず消すだろう。それが普通の心理だ。

その場に筆記具がなかったとか、書いている途中で力つきたとか、そういった偶然によって解読できないメッセージが出来上がった、という例もある。確率は低いが、これなら現実にもあるかもしれない。

ただ、重傷を負った人間は、きっととうに諦めて、最後にそんな執念を見せることはないように僕は思うし、また、殺す側にしても、ちゃんと死んだかどうかくらい確認したら良いのに、と考えてしまう。

ダイイングメッセージが登場する素晴らしく説得力のあるミステリィをあまり読んだ経験がないけれど、しいて挙げるならば、やはり定番ともいえるクイーンの『Xの悲劇』だろう。これは傑作中の傑作だ。被害者が、人差し指と中指を絡《から》ませて「X」の形にして死んでいたのだ。ただ、大事な点は、このメッセージによって犯人が割り出されるわけではない、ということ。そこを見誤ってはいけない。

有名ななぞなぞで、「駐車場の9番にはいつも自動車が駐《と》まっていません。何故でしょう?」というものがある。答は、「車は9に駐まれない」である。これを聞いて、多くの人は納得するらしい。しかし、答を聞いても、「だから?」とき返す人がいるだろう。そういう交通標語があることは知っているが、それと、駐車場の9番に車が駐められないことと、いったいどんな因果関係があるのか、という疑問は非常に正当なものである。笑ってはいけない。駄洒落には笑えるけれど、問題の答にはなっていない。つまり、これはパズルでもクイズでもない。アンチ・パズルなのだ。ときどき、この種の脱力系の問題に出会うのは楽しいけれど、近頃あまりにも同種のものが多すぎはしないか。

ミステリィでも、歌の文句になぞらえて殺人が起きたりする。その理由が上記のなぞなぞのように単なる駄洒落だったりする例もあって、必然性が見出せなくて困惑する。けちをつけようというのではないが。

いくら不自然な不思議さにも、その理由として必然性が必要だ、と思う人は多いはず。これは、パズルの本に載っているのは、パズルでなければならない、という約束と同じだ。余興として、アンチ・パズルが一つ混ざっているくらいならば許せるかもしれないが。

ある意味で、パズルとは必ず期待どおりの結果を得られる作業である。どんでん返しがあってはならない。途中にほんの少しだけ、回り道やギャップが用意されている程度が良い。パズルを解いたときに得られるものの一つは、約束を果たしてもらった、というある種の「安堵」ではないだろうか。

## 第4回　小さなトリック

ミステリィにはトリックがつきものである。トリックがなくてはミステリィではない、とまでいう人もいる。しかし、そもそもトリックとは何なのか、実は非常に曖昧だ。犯人が仕掛けたものが一般的だが、作者が読者に向けて仕掛けたものもある。いずれにせよ、相手の意表を突いた企みのことをトリックというようだ。手品のネタもそうだし、詐欺の手口もそうだし、また、日常的なちょっとした誤魔化し程度のものもある。

トリックは「大小」がよく語られる。一見ありえないほど不思議に見えるものが、どのようにして実現できたのか、という場合、トリックが大きく感じられる。あるいは、手法自体が大がかりな場合もある。こんなことをわざわざするのは、絶対に不可能と思わせることによって、犯人が自分のアリバイを作る、といった理由らしいが、現実には元が取れない、むしろ危険ではないか、というものも少なくない。実際には、素晴らしいトリックは、明るみに出ないのかもしれないが。

こんなクイズを考えた。「発□」「空□」「着□」のいずれの□にも同じ漢字を入れて熟語にしなさい。「想」などが答の一例である。発想、空想、着想、となる。では、ほかにないだろうか。

この問題はわりと難問である。ときどき、大勢がいるところで出題してみるのだが、正解に辿り着ける人は少数だ。それはどうしてか？

パズルの中でも、ちょっとしたトリックがある。普段ならばこうする、と慣れた道筋からほんの少しずれたところに、正解がある。「ちょっとした落とし穴」などとも呼ばれるものだ。人間の思考は、自分自身が考えた道筋を何度も通っているうちに、轍《わだち》がだんだん深くなる。すると、そこから外れにくくなるのである。

トンネルの中に入った大型トレーラが、荷物が大きすぎて、トンネルの天井に当たってしまった。中まで入ったところで立ち往生し動けなくなった。救援隊が来て、荷物をトレーラから降ろそうとしたが、重いうえに、ぴったりと塡《はま》ってしまって、にっちもさっちもいかない。さあ、どうする？

ここで、ある人が思いついた。簡単である。トレーラのタイヤをパンクさせたのだ。これで、無事にバックすることができた。

あるオフィスビルでは、エレベータがなかなか来ない、という苦情が出ていた。エレベータのプログラムを直しても効果がない。もちろん、ハードを取り替えるには大変な費用がかかる。さて、どうする？

エレベータホールの壁に鏡を設置することで、苦情が解消したという。鏡があれば、そこで身だしなみを直すことにほんの少しの時間が費やされるからだ。問題解決の有名な例である。

ようするに、トリックとは、普通に考えたらここ、というところではない方向へ目を向け、思考することによって生まれる。普段から天の邪鬼なことばかり考えている人間には、なんでもないことかもしれない。え、誰のことかって？

さて、さきほどの漢字のクイズ。答は「色」である。そう、「発色」も「着色」も普通だ。しかし、「空色（そらいろ）」はなかなか思いつけない。ここだけ訓読みだからである。

・

日常にもときどきあるこの僅かな「ずれ」を熟成させ、その面白さをいつでも味わえるのが、ミステリィであり、パズルである。したがって、ミステリィやパズルで鍛えられた頭は、いつもジャンプをしようとするようになる。落ち着かない子供が跳びはねて歩くようなものだ。ジャンプばかりだと、支障を来すかもしれないけれど、本来人間に備わった能力の一つであり、コンピュータなどによる計算とは異なる思考回路といえる。大事にしたいものだ。

# 第5回　パズル性と意外性

僕はミステリィを書いているらしい。自分ではそれほど意識していないが、読者からの反響によれば、どうやらミステリィというジャンルに入るらしい。しかし、コアなミステリィ・ファンもいて、そういう人たちからは、「こんなのはミステリィじゃない」とお叱りを受けたりする。もっとちゃんとしたミステリィを書きなさい、という意味だろうか。だからときどき「いったいミステリィとは何なのか」と考える。

これは、「パズルとは何か」という問いと似ているかもしれない。たとえば、よくキーワードをハガキに書いて送るとプレゼントがもらえる、といった企画があって、一文字だけ抜けていたりする。「サ□エさん」みたいに易しい問題ばかりで、しかもすぐ横に答がでかでかと書いてあったりする。人を馬鹿にしているのか、と思えるほどだ。このようなものを「これがパズルだ」と認める人は、たぶんいないだろう。

ところが、これが実は正解は意外や意外、「サチエさん」だった、ではどうか？「それはないだろう！」と怒りだす人がきっといるはずだ。「サチエさんって誰だ？」「いえ、うちの女房の名前です」「そんなもん知るか！」と喧嘩になりかねない。けれど、サザエさんなんて名前の人は実際には少ない。サチエさんの方が圧倒的に多いはずだ。サチエさんの方がメジャである、という理屈も立つ。

ミステリィに最も必要とされるものは「謎」が提示されることだが、その次に大事なのは、その謎の解決に「意外性」があることだろう。だが、この意外性ほど、微妙なものはない。なにしろ、もの凄く意外な結末を考えて書いてみると、「そんなものミステリィではない！」と叱られる。

つまり、これは以下のような理屈だと考えられる。読者はバッタであり、作者はピッチャだ。そして、作品が投げる球である。読者は、作者の球で思いっきり空振りがしたい。これが、ミステリィ・ファンの欲求らしい。ちなみに、平均的な小説の読者は、クリーンヒットを望んでいる。だから、思ったとおりのコースへ素直な球を投げ込んでくれるピッチャを選ぶ。ミステリィ・ファンは空振りすることに快感を覚える奇特な人たちなので、ピッチャには意外性を持った人を選ぶ。剛速球で来るかと思えば、チェンジアップ、スライダ、フォークボールと、つぎつぎに魔球を繰り出すピッチャが人気なのだ。

けれど、本当に意外性のあるピッチャが現れ、投げる振りだけして投げなかったり（ボークだが）、とんでもないところへ投げてしまったり（ワイルドピッチだ）、となると、空振りはできない（できないこともないが、呆れてしまう）。熟練したバッタになると、ちょっと外れたボールでももう駄目だ。ストライクゾーンでなければバットを振らないから、それ以外は「ミステリィではない！」と見送ってしまう。

以上の例からもわかるように、ミステリィにおける「意外性」とは、「ほんの少しだけ外れている」程度の意味であって、本来の意外性ではない。どちらかというと、むしろ期待どおりのところへ読者を連れていってくれる、水戸黄門《みとこうもん》的なお決まりの結果が用意されていなければならない。

パズルでいうならば、たとえばクロスワードパズルだと思っていたら、立体の展開図だったとか、もっと究極のものになると、「これは実は解けない」といったパズルまで、意外性を追求すれば限りはないが、やはりそうではなく、ある範囲内に収まるお約束が大前提であろう。だから、ミステリィ・ファンもパズル・ファンも、自分たちが求めているものが、「意外性」ではなく「意内性」だと自覚してほしい、と作者は密かに思うのである。

## 最終回　解くことで得られるもの

パズルやミステリィの謎を解く行為、これによって何が得られるのか、を考えてきた（あまり真剣には考えていなかった気もするが）。今回が最終回なので、結論を書きたい。

僕は工作が大好きで、いろいろなものを作っている。たとえば、ラジコン飛行機をもう五十機ほど作った。大きいものは三メートル以上ある。実物の四分の一スケールだ。エンジンを回して大空を飛び回る。しかし、何が楽しいといって、作っている時間が一番楽しい。できてしまったら、初フライト後の数回だけはどきどきして飛ばすけれど、あとはもう壊れないうちに飾っておこう、となる。鉄道模型も大好きで、こちらも四分の一から六分の一くらいの大きいものだ。庭に線路を敷き回し、自分で乗って運転をする。しかし、これも作っているときの方が面白い。完成してしまうとちょっとつまらない。お客さんを乗せて楽しませることくらいか。だいたい、飛行機も鉄道も家族の役には立たない。それどころか、「家が狭くなる」「お金がもったいない」と睨まれている。

真空管のラジオやアンプを作るのも大好きだ。この冬だけで、ラジオを三台とアンプを六台作った。こちらは、飛行機や鉄道よりは多少役に立つだろう。完成品が一般の人にも使えるものになる。ただ、「なにもこんなに作らなくていいじゃないの」という目では見られる。性能の差は微々たるもの。電化製品の店で、ずっと安く買えるだろう。部品をばらばらで買って、自分で作った方が確実に高くつく。でも、作っている最中はとにかく楽しいのだ。組み上がったアンプの電源を入れるときは本当にどきどきする。

たしかに、完成したときの喜びはある。飛行機であれば飛ぶことで、アンプであれば音楽を聴くことで、完成度が確かめられる。しかし、完成されたものが欲しいのではない。もしそうならば、最初から完成品を求めれば良いはずだ。飛行機を飛ばすこと、機関車を運転すること、ラジオやアンプを鳴らすことが最大の楽しみならば、もっとそういったことに時間を割くだろう。ところが、一度完成してしまうと、もう次に作るもののことばかり考えているのである。

僕は、家族の役に立つものを作ったことがない。日曜大工も大好きだけれど、自分の遊びのものしか作らない。他人が使うものも作ったことがない。つまり、完成したものを人に使ってもらい、感謝されることにまったく価値を見出していない。

数学の問題の多くは、それを解くと良いことがあった。試験で良い点が取れる。そうすれば、成績も上がるし、大学にも合格できる。けれど、パズルやミステリィの謎を解いてもなんの得にもならない。どうして、そんなことに頭を使うのか？　これは、僕が工作をするのと非常に似た条件といえる。また、研究や勉強も実は同じだ。

達成することに真の価値があるのではなく、努力する過程に意味があるのではないか。達成したときには、それまでの労力を振り返って満足する。しかし逆にいえば、もう楽しみは残っていない。

キットと完成品が両方売られているものがある。もちろんキットの方が安い。あれが僕には不思議である。キットの方が高くても、僕はキットを買うだろう。それだけの楽しみがあるからだ。パズルだって、完成したものばかりが本のページを埋めていたら、そんな本、売れますか？

結論。パズルやミステリィを解くことで得られるものはなにもない。ただ、解いている過程において、きっと「没頭」という幸せが得られている。では、いつまでも完成しないパズルが良いのかというと、そうでもない。何故なら、完成すれば次の問題へ移ることができる。さらなる未知のパズルが、あなたの前に現れるだろう。したがって、達成することで得られる唯一のものとは、新たな楽しみへの「予感」である。

「ナンプレファン」２００６年８月号～２００７年６月号（世界文化社）に掲載

# ぼんやり思考　苦手な若者

珍しく新聞への寄稿。受け手が不特定多数すぎるから、街頭演説的になる。

ずっと大学で仕事をしてきた。小説家としてデビューしたあとも若い人たちとつき合う機会が多い。ここでいう若者とは、十代後半から二十代前半くらいの層。そして僕が観察した僅か二十五年ほどの間における印象にすぎない。

まず感じることは、近頃の若者は礼儀正しく、大人《おとな》しい、ということ。そして、文章を書くことが上手い。まさに活字世代というのか、ワープロ世代というのか、この点は顕著だ。それから、人を蹴落《けお》としてまで這《は》い上《あ》がろう、といった激しさも目立たない。一言でいえば、上品で優しい。

僕が子供の頃は、終戦直後ほどではないにしても、まだまだ世知辛《せちがら》い世の中だった。学生運動や受験戦争もあった。未成年者の犯罪が数年まえに取り沙汰されたけれど、数字を調べてみれば、明らかに若者の犯罪率は昔の方が高い。戦後ずっと減少し続けている。

街中で見かける光景からも、むしろ中年以上の人たちのマナーの悪さの方が目につく。特に、酔っ払い、電車の中で大声で話す人たち、列に並ばない人、煙草やゴミを道に捨てる人。昔は当たり前だったからかもしれないけれど、歳を取ったのだからもう恥ずかしくない、というふうにも見える。

作文能力のことは、学生たちが書いた文章にずっと接してきたので、非常に顕著な傾向だと認識している。おそらく、入試問題に小論文が導入されたこと、さらにはネットの普及で文章を人に読ませる機会が増加したこと、などが影響しているものと想像する。

ちょっとまえまでは、「てにをは」がまったくなっていない文章が散見されたが、今はそういったものはほとんどない。ただし、内容はどうかというと、以前の方がむちゃくちゃなりに面白かった。今は、こぢんまりとまとまった当たり前のことを、みんなが同じように書いてくる、という傾向はある。

動作も緩慢になったように思う。みんな、おぼっちゃま、お嬢さまなのだ。非常に品が良く、慌てない、こそこそしない。どぎまぎしない。どっしりと構えている。人前でも上がったりしない。そういう若者が増えたようだ。日本が豊かになった証だろうか。

僕が感じる彼らの少ない欠点の一つといえば、それは、ものごとを抽象的に捉える能力の欠如である。

いきなり具体的に思考する。何故だろう？　たとえば、彼らに人生の夢を尋ねれば、びっくりするような具体的な話を始める。どんな仕事がしたいのか、ときけば、もうこの道に決めている、かのように具体的ビジョンを語る。

それらのビジョンは、おそらく映像化された過去の誰かの具体例が引用されているのだろう。どんな仕事をして、どんな相手と接するのか、そして誰から感謝されるのか、に至るまでイメージが出来上がっているみたいなのだ。

TVや新聞、雑誌を眺めても、現代は具体的なもので溢れかえっている。どこの店の何が美味《うま》いとか、誰がどんな苦労をしたとか、ヒントも美談も驚くほど具体的な情報ばかり。子供の玩具だって、ゲームなどに代表されるように、手取り足取りのサービス。ディテールにも凝っているから、イメージする余地さえない。

僕が高校生、大学生の頃には、若者はもっと抽象的な議論をしたものである。どうせ具体化は無理なのだ、と半分諦めていた。そんな「机上の空論」ばかりだったから、「もっと具体的なことを言え」と大人たちから揶揄された。「なにか楽しいこと」がしたかったけれど、身近を探したってそんなものはない。ぼんやりと考えるしかなかった。それが今では、「どんな楽しいこと」もきちんと具体化され用意されている。お金さえ出せば、すぐに目の前にやってくる。豊かな社会になったために、ぼんやり考える機会を失ったのだ。

あまりに具体的すぎるために、ほんのちょっと自分の理想と現実がずれているだけで、「それは私が求めていたものではない」とそっぽを向く子も多い。すぐに仕事を辞めてしまう若者もいる。また、顔が見える相手から感謝される、という具体的報酬がなければ働けない。未来の人類のためにとか、何のためかわからないけれど、なんとなく面白そうだから研究してみよう、といったぼんやり加減が苦手なようだ。

若者にこそ、もっと抽象的に思考してもらいたい、というのが僕の願望である。メディアに囚われず、本質を見極めてほしい。ジャンルにもスタイルにも、手法にも時間にも、言葉にも文化にも、なにものにも拘らず、ただなんとなくだけれどこれだ、と判断できる感性を磨いてほしい。

「朝日新聞」２００６年9月7日夕刊に掲載

# 言葉は知識ではない 知った顔をした大人になるな!

今でも購読している「子供の科学」から依頼されたので、喜んで書いた。喜んで、というのは、僅かでも恩返しができる、という気持ち。ただし、このタイトルは編集部が考えたもの。

## ■「知る」とはどういうことか

有名な話を最初にします。森を歩いている父娘《おやこ》がいました。枝から飛び立った鳥を指さして、娘は父親に尋ねます。「パパ、あの綺麗な鳥は何という名前?」すると父は答えました。「パパはあの鳥の名前を知っている。でも、それはこの国の言葉だ。あの鳥は外国へも飛んでいく。そこでは、また違う名前で呼ばれているんだよ。鳥の名前を覚えることは、そんなに大事なことじゃない。それよりも、あれが綺麗だと感じた君の気持ちの方がずっと素晴らしいし、どうしてあの綺麗な翼で、鳥が空を飛べるのかを考える方がもっと大事なんだ」

僕は大学で学生たちに教えています。黒板に書いているのは、全部「言葉」です。そして、学生たちが試験を受けたときに問われるものも「言葉」です。先生たちはみんな言葉を教え、教えたつもりになるし、学生たちは言葉を覚えて、理解したつもりになっています。

たとえば、金槌《かなづち》や釘《くぎ》という言葉を知っていても、金槌で釘を上手に打てるかどうかはわかりません。逆に、そんな言葉など知らなくても、上手に釘を打てる人もいるでしょう。試験をすれば、「金槌」「釘」という漢字が読めて書ける人が合格します。でも、どちらが本当にそれを「知っている」人ですか？

僕たちは、「フランス」という国の名前を覚えて、それで「フランスを知っている」と言える人になれます。けれども、いったいフランスの何を知っているでしょうか。たとえば、ものも言わない小さな子供でも、毎日じっと世界地図を眺めていると、フランスの国の形をクレヨンで描いたりします。君は、フランスの形を描けますか？

人間は、言葉を覚えることによって、情報を整理し、頭の中のイメージを記号と置き換えます。このとき、もともと持っていた情報量の多くを忘れてしまうようです。

言葉を覚えることでイメージは固定化し、情報量は減ってしまう。極端にいえば、言葉を覚えるごとに馬鹿になっている、といっても良いかもしれません。

「引力」という言葉を大人は知っています。でも、引力って何だろう？　どんな性質を持っている？　どんな仕組みなのか？　答えられる大人は滅多にいません。「どうして、地球の裏側の人は落ちないの？」と子供が尋ねたら、「引力のせいだよ」と答えて、知った顔をするだけなのです。それが知識ですか？

では、本当の知識とはどんなものでしょうか。それは、知っていることを応用でき、展開できる、ということです。それを知ることによって、新しい疑問が生まれる、なにかを作ることができる、というように、次の行動の起点になるものが本当の知識です。

固有名詞を覚えてお終《しま》いというのではなく、ものの道理を学んで、それを活かせるよう、自分の中に知識のネットワークを築いてほしいのです。言葉を覚えるよりも、ものを問うことの方が、むしろ「知る」ことに近いでしょう。

僕は、もう四十九歳ですけれど、九歳のときから「子供の科学」を四十年間、毎月読んでいます。五百冊近くある計算です。一冊も捨てていません。本が大嫌いだった僕が、文字を読むようになったのは、「子供の科学」のおかげです。

今でも、僕は子供かもしれません。知った顔をした大人にならないよう注意をしています。僕は工作が大好きで、今でも真空管でラジオやアンプを作っています。最近は、五年ほどかけて庭に線路を敷き、小さな鉄道を建設しました。機関車や車両の多くは木とボール紙とセメダインCで作ったものです。模型飛行機も百機くらい作って飛ばしました。

こんなに大好きなものなのに、僕は、真空管の名前も、機関車や飛行機の名前も、ほとんど知りません。でも、名前を沢山知っている人よりも、僕の方が少しだけ知識があるかもしれないな、とこの頃ようやく思えるようになりました。

ただ、「知る」ことは、「知らないものが増える」ことです。真空管も鉄道も飛行機も、まだまだわからないことや、挑戦したい課題を僕はいっぱい抱えています。そして、これらを考えるだけで毎日が楽しくてしかたがありません。

「子供の科学」２００７年6月号（誠文堂新光社）掲載

# 言葉は鏡

どういう依頼だったのか忘れてしまったが、言葉遣いなのか、躾《しつけ》なのか、言葉の乱れなのか、そんな問題提起があったようだ。それに応えて書いたもの。いわずもがな、アンチである。

## 幼いときにきちんとした言葉の訓練を

人間関係のため言葉遣いに気を遣ったことは、僕の場合一度もない。ただ、敬語や丁寧語は子供の頃から両親に対しても使っていたので、目上の人には自然に話している。僕の子供たちは、もう二人とも社会人になったけれど、僕に対しては敬語だ。小さいときからそうだった。そう教えたわけではない。ようするに、言葉遣いなんて大したものではなく、育った環境の言葉が、その人のネーチャ（自然）になる。

日本語には明確な敬語があるのだから、言葉遣いに苦労をしなくても良い。形式的と言われれば形式的だが、言葉自体が形式なのだから、これは大変合理的な手法だと思う。幼稚園や小学校低学年で、きちんとした敬語を使う訓練をした方が良く、学校の先生にタメ口をきくようなことがないように教えるべきだ。そんなの子供らしくない、という人がいるかもしれないが、中学生や高校生になってから急に「近頃の若者は……」なんて目くじらを立てる方がおかしい、と僕は思う。

## 敬語は使うときの姿勢が大事

僕の場合、主に大学生を指導している。彼らは僕に対しては敬語を使う。なかには不慣れな子もいるけれど、しかし、敬語というのは、正確でなければ駄目だというものではない。たとえ間違っていても、それを使おうとした姿勢が大事なのであり、相手には悪く取られない。言葉が間違っているからと怒りだす人間は、たぶんもっとほかのことで怒っているのだ。

大学生が就職の面接に行くことがある。面接は短時間でその人物の印象を決めるわけだから、話し方が大きなファクタになりがちだ。たとえば、「いちおう」とか「いまいち」なんて言うなと注意をしたことはあるけれど、そんなのは些末《さまつ》である。人前で上がってしまい、たどたどしいしゃべり方になっても、それはそれで悪い印象ではない。「何を話すか」というコンテンツを面接官は見る。言葉なんて単なるメディアなのだ。

## 言葉を飾らなくても良い

普段の人間関係においても同じである。メディアによる印象というのは最初のうちだけで、その人がどんな人物かわかってくると、結局はコンテンツで評価をされるようになる。だから、それほど言葉に気を遣う必要はない。言葉はむしろ率直に、確実に内容が伝わることを心がける、というのが僕の考え方だ。変に言い回しを工夫して、誤解をされるよりずっと良い。言葉遣いが悪いからといって崩れるような人間関係ならば、早く縁を切った方が良いだろう。

変な喩えだが、「誠意を示せ」と言われても、何をして良いのかわからないことが多い。しかし、どうすれば良いのかわからないのは、すなわち「誠意がない」ときなのだ。もし誠意があれば、誠意を示すなんて、これほど簡単なことはない。自然に取る行動がすべて誠意を示しているはずだ。誠意がなければ、示すことは本当に難しく、四苦八苦して「言葉だけ」で繕《つくろ》うしかない。

言葉というのは、その人物の心の鏡であって、心が綺麗なら言葉は自然に綺麗になる。言葉だけで飾ろうとして鏡をいくら磨いても、綺麗に映るものがなければ無意味だ。

「ＰＨＰ」２００８年５号（ＰＨＰ研究所）に掲載

# 既成の価値観を疑って「自分発の幸せ」に気づけ

このタイトルも、僕がつけたものではない（わかると思いますが）。どんな依頼だったかも、よく覚えていない。

お金がなくて海外旅行に行けない。これは不幸なのかと言われれば、一見、旅行に行ける方が幸せに見えます。でも、「海外旅行に行けることが幸せで、行けないことは不幸だ」という、凝り固まった価値観に支配されていることこそ、不幸なんじゃないでしょうか。

自分の価値観で判断した結果、散財して海外旅行に行くよりも、お金を使わないで広告の裏にでも絵を描いていられたら楽しい、と思えれば幸せになれる。幸せのカギは、既成の価値観に囚われず、真に自由になることにあると思います。

大学で建築学を教えていますが、就職まえの学生たちは「自分の能力だと○○会社」「大企業だから○○会社がいい」と、様々な選択肢を挙げます。選択肢が多い人はそれだけ幸せなのでしょうか。「選ぶことしかできない不幸」だとは言えないでしようか。それらの選択肢は、社会の常識や周りの評価で、序列が決められたものでしかありません。常に、自分が既成概念に支配されていないか、疑ってみることが大事です。真に自由になるとは、選択肢自体を、自分で作り出すことだと思います。

最近、ブログが流行っています。自分が好きなものを紹介するために始まったのに、いつのまにかブログに紹介して格好良く見えるように生活しているように感じます。でも、そんなことをしても、周りに自慢したら終わり。虚しいだけ。

もっと「自分発の幸せ」に気づくべきです。究極の幸せは、自己満足の中にしかないのではないでしょうか。

世間の価値観に支配されている方が実は楽です。会社名や収入など、わかりやすいことで達成感が得られやすいからです。でも、目指していることが「自分発」であれば、ゴールに辿り着かなくても、努力している過程で、昨日より今日が少しでも成長できていると実感できて、幸せを感じられると思います。

「ＡＥＲＡ」２０１０年1月18日号（朝日新聞出版）に掲載

# 贈らない言葉

新学期、新年度の時期に、新入生、新社会人たちに向けて贈る一文を、と依頼されたのだったか……。天の邪鬼なので、贈らないことにしてしまった。森博嗣に頼んだら、ろくなことにならない典型である。

## むやみに人を励まさない

自分では絶対に向かないと思う職業に長く就いていたこともあって、結婚式をはじめとする数々の「式」や「会」に駆り出される機会が多い。そういう場では、楽しく飲み食いすれば良い、というわけにはいかない。いわゆる「挨拶」をさせられるのだ。「こんにちは」とか「どうぞよろしく」では許してもらえない類の挨拶である。

どういうわけか、その場の主役である人たちに対して、なにか励ましとなるような言葉を贈らなければならないらしい（本当にそれが主目的なら宴会なんかするなよ、と思うが）。考えてもらいたい。当事者たちは、その場にいる他の誰よりも「これから頑張ろう」と決意しているはずなのだ。傍観しているだけの気楽な立場の人間が「頑張れよ」と声をかける必要性とは？

そんなこと、余計なお世話ではないか。もしも言われる側が正直で素直な人だったら、「わかってるよ、そんなこと」と感じるにちがいない。けれど、社会常識では本心を口にすると無礼になるから、表面的には笑顔で「ありがとうございます」「皆さんの応援のおかげです」といったふうに応える。空気が読める人たちが微笑ましい劇をするわけだ。

僕は、白状するが、正直で素直な人間なので、そういう空気を読みたくない。応援したい気持ちがたとえあっても絶対に黙っている。だから、この頃ではあらゆる「式」や「会」に出席しないことに決めた。かなり親しい友人や親戚関係でも辞退している。気持ちをわかってほしい、とは言わない。実害のない我が儘だと認めてもらえれば幸いである。

実質的に見て、その「式」や「会」の前後で、人間はなにも変化しない。誕生日を迎えても、年度が改まっても、卒業したり入社したりしても、人間の本質は変わらないのだ。だが一方では、毎日絶えず少しずつ変化している。人間が引いた境界線には関係なく、人は生きているかぎり、いつも新しい。新しくないのは死んだ人だけだ。

環境がどんなに変わっても、毎日の新しさは同じ。ただ、変化は本当に少しずつだから、自分が望む方向をいつも意識して、毎日を積み上げていかないと、希望する変化にはならない。

このまえ、ある雑誌のインタビューを受けた。「自由というのは、自分の思ったとおりに生きることだ」という内容の本を僕が書いたことに対して、「でも、今は不況ですし、大勢が不自由を余儀なくされています。そういった人たちに、なにかメッセージはありませんか」と尋ねられた。僕としては、「いえ、特にありません」と正直に答えたかったけれど、それでは大人げないし(大人げないのは大好きだが)、僕の本を出してくれた編集者が同席していたので、本が売れなくなるような発言もしにくかった(この空気は読んだ)。

しかたなく、「今、不自由なのは、これまで自由を目指してこなかった結果ですから、今から毎日頑張れば、10年後くらいには自由になれるのでは」なんて話してしまった。インタビュアはそれで満足したようだったが、僕は落ち込んだ。

あ〜あぁ、心にもないことを言ってしまった。そんなにうまくいくはずないのに……。

そういうわけで、僕はなるべく人を励まさないように心掛けている。むしろ、「そんなに頑張るな」と言ってあげれば良かったな、とあとで思う場合の方が多い。そんな素敵《すてき》な台詞が自然に出るようになるには、もう少し僕自身が頑張る必要もあるし……。

「産経新聞」２０１０年４月３日夕刊に掲載

# 名古屋でしか食べられない

大勢の作家が、お取り寄せできる商品について書く、いわゆる販売促進本みたいな企画に、一役買った一文。ただ、ヤラセではなく、本当に好きで食べたいものを書いた。こういうものに釣られる人がいるのだな、と不思議に思うが、うちの奥様がその典型。

高校生のとき、学校の近くに「ソーレ」というスパゲッティ屋があって、友達とよく食べにいった。沢山の種類のスパゲッティがメニューにあるが、ソースは一種類だけ。一番安いのは二百円の「ソーレ」で、これは赤いソーセージが三つだけのっている。もう少しお金を出すと、豚肉の玉子とじがのった「ピカタ」が食べられるし、さらに高いものには、トンカツや海老フライがのっている。このようにトッピングがさまざま変わっても、ソースと麺はすべて同じなのだ。

厨房が見えるカウンタで食べることが多かった。その厨房には、人が入れるくらい大きな鍋が幾つも並んでいた。一日に一つを仕込み、二日、三日、四日と煮込んで、何日めかにソースが出来上がるというシステムらしい。一日めの鍋には、肉も野菜もまるごと投げ込まれるが、最終的には跡形もなく溶けてしまい、半透明で綺麗なオレンジ色の、どろんとしたソースになる。

このソーレの味に魅了された人は多かったらしく、名古屋ではやがてメジャになり、今では沢山の店で食べることができる。「あんかけスパゲッティ」と呼ばれているようだが、「餡かけ」と勘違いして敬遠している人が多く、名称がややまずいのではないかと思う。

レトルトで売られている「ヨコイのソース」がソーレの味に最も近い。これまでに食べたあらゆるスパゲッティの中で、これが一番美味い。

『日本の作家60人 太鼓判! のお取り寄せ』2011年6月20日発行（講談社）に掲載

# もう二度と行きたくない一心で

歯医者さんが読んでいる雑誌だそうだ（知合いの歯医者の友人は知っていた）。業界雑誌というやつで、書店には並ばない。原稿料が平均よりも高かった気がするけれど、気のせいかな。

僕は、子供のときから病気や怪我が多く、通院したり入院したり、日常的に医者にかかっていた。内科も外科もだ。もちろん歯科も何度通ったことか。薬も沢山飲まされた。いつもどこか具合が悪い子供だった。

そんなふうだから、「とても長くは生きられない」という観念に取り憑かれた。しかし、自分なりに多少でも体調を保とうと考え、大人になって（二十四歳で結婚して）から、あらゆる薬を飲まない決意をした。体調に常に気を配り、疲れないように、食べ過ぎないようにした。少しでも気分が悪いときは、すぐに寝る。薬はとにかく飲まない。これが効いたのか、以来三十年以上になるが、一度も医者にかかっていない。風邪薬さえ一切飲まない。健康食品の類にも手を出さない。その代わり、たとえば体重は毎日測ってコントロールしている。

子供のとき、特に痛くもないのに小学校の検診で虫歯だと診断され、歯医者に行かされた。削って穴を大きくして詰め物をされる。それがまた外れて、といったことが三度くらいあった。だから、もう面倒になって、その後しばらく我慢をして行かなかった。

ところが、二十六歳のときに奥歯が痛くなって、歯医者に診てもらうしかないという事態に陥った。近所に新しくできた歯科医院が、建物がとてもモダンで雰囲気が良い。受付の女性も若くて可愛い、医者も若くてイケメンの先生だ、と妻が言う。そこへ行くことにしたが、こちらは痛いので、そんな好印象も意味はない。診てもらったら、親知らずのせいだと言われ、その歯をすぐに抜かれた。

その抜くときが、もう死ぬほど苦痛だった。頭を鉄パイプで殴られたみたいな痛みが繰り返すのだが、頭を鉄パイプで殴られた経験はないので、単なる想像である。五分ほどだったみたいだが、一時間くらいに感じられた。それで、家に帰ってきてからもずっと痛かった。医者に行くまえよりも痛くなった。抜くとき、助手の人だろうか、若い女性が二人、「ファイト！」などと言って励ましてくれたのだが、なんの助けにもならなかった。過去の人生が走馬灯のように頭を巡り、死ぬときはこんなふうだろうな、と感じるほどだった。

その後も、幾度か処置をしてもらうのだが、痛みは治まらない。多少は慣れてきたが、あまりにも長引くので、実家に帰ったときに別の歯医者に診てもらった。すると、その日に処置しただけで痛みが引いた。その歯医者は老年で、僕が子供のときから診てもらっていた先生である。このときは、本当に神様のように思えたし、同時に、歯医者にも上手い下手があるのだな、と文字どおり「痛感」したのである。

実は、僕の息子も同じその新しい歯科医院へ行き、虫歯に詰め物をされたが、帰宅してから痛くなった。結局また実家近くの老先生のお世話になったところ、このときもたちまち治ってしまった。

死ぬ思いをしたので、僕はそれ以来毎日欠かさず歯を磨くようになった。磨き忘れた日はただの一日もない。どんなに体調が悪いときでも歯だけはきちんと磨く。あの痛さを思い出して磨く。この対処が功を奏したのか、以来三十年、幸いにして歯科医院へ行かずに済んでいる。

このことは、世間に流通している、あの歯磨き用品が、自己満足的な誤魔化しやまやかしではない、ということの証左といえるだろう。あの手この手のアイデアを盛り込んで、次々と新しい歯磨きグッズが登場するが、そのこと自体、どうも眉唾《まゆつば》っぽい。本当に効くものならば、ずっと同じ製品で良いはずだからだ。しかし、とにかく僕の場合は、歯磨きが効いているとしか分析できない。毎日欠かさず磨くことが大事だということだろう、たぶん。

結局、薬や健康グッズを一切信じない今の僕だが、歯磨きだけは、なくてはならないことになっている。ブラシも歯磨き粉も常に予備まで含めて三つ備えている。痛い経験は、人を変えるものだ。

「デンタルダイヤモンド」２０１４年10月号（デンタルダイヤモンド社）に掲載

# 言わなければ良かった

この雑誌は、母がときどき買っていたように覚えていて、それで書いた一文である。若いときには恥ずかしくて書けなかっただろう。

僕は、四十八歳まで国立大学工学部の教官だった。二十四歳のとき、学生からの連続で就いた仕事だったから、好き勝手なこと（つまり研究）ができて給料がもらえるなんて幸せだな、と感じていた。ただ僕の母は、息子が「大学の先生」になったことを喜んでいるみたいだった。それは、職が安定しているということよりも、やはり古い人だったから、学者とか博士というものにステイタスがあると認識していたためだろう。

そういうことは薄々わかっていて、僕も息子として、母が喜ぶのならば、という気持ちがなかったわけではない。しかし僕自身には正直なところ、そういった価値観はない。職業は、人間の価値とはまったく別のものだ、と考えていたし、僕の父も、大正生まれにしては自由な思想の人で、「仕事なんていうものは、食っていければそれで良い」と常々話していた。父は、「嫌になったらいつでも辞めれば良い」などとも言っていた。僕は、「仕事が辛《つら》い」なんて口にしたことは一度もない。それなのに、何度かそう言われたのである。

研究職は、二十代がエキサイティングで面白かった。三十代になって助手から助教授に昇進したけれど、僕はまったく嬉しくなかった。でも、母は大いに喜んだ。その少しまえに、大学も地方大学から旧帝大に転勤になった。こういった人事は、希望とかではなく、「呼ばれたから行く」というものだ。昇格も転勤も、僕が希望したわけではない。

助手のときはほとんど自由な時間だったのに、助教授になると会議が多くなり、学会の仕事も増え、共同研究や委員会など、どんどん忙しくなる。好きなことに没頭していられなくなった。給料は年々上がったものの、その分、楽しくない時間ばかりになる。三十代後半には、「なるほど、これが労働というものか」と感じた。帰るときに「ああ、今日の仕事が終わったな」と初めて思うようにもなった。

この仕事をいつまでも続けられるだろうか、と感じたからなのか、三十八歳のときに、ためしに小説を書いてみた。それまで一度も書いたことはなかったし、どうして急に書こうと思ったのか、今になってみると不思議だ。しかし、それを出版社に送って、次の年には僕は小説家になっていた。以後十年間、大学に勤めながら小説を出版した。

母は、短歌が趣味だったし、文芸にも理解がある。それでも、大学の教官の方が小説家よりは上だ、と思っていることは明らかで、あまり良い顔をしなかった。大学を辞めるという話をしたのは、母が病気で入院していたときだったが、それを打ち明けた数カ月後に、彼女は他界した。

母が生きている間は、僕はまだ大学に在籍していたのだ。辞めるなんて知らせる必要はなかったかもしれない。顔には出さなかったが、きっとがっかりしたにちがいないからだ。

正直に打ち明けなければ良かったかな、とほんの少し後悔している。もの凄くほんの少しだけれど。

「暮しの手帖」2015年2－3月号（暮しの手帖社）に掲載

# 解説　森的世界の拡大

講談社　栗城浩美

本書『森には森の風が吹く』は二〇一八年に単行本として刊行されました。当時は、数年後の文庫化を単行本に続いて自分が担当することになると想定していませんでした。解説を書くことになるとは、ますます思いもよらず、戻れるものなら三年前の自分に「覚悟しておいたほうがいい」と注意喚起したいところです。

前任者から森博嗣さんの担当を引き継いで二十年になります。その間編集部を異動することはありましたが、ノベルス、単行本、小説誌、文庫と森さんとの仕事が途切れることはありませんでした。折に触れ、森さんのお話を伺い、森さんの考え方・感じ方を垣間見《かいまみ》るにつれ、自分の中に「森成分」が蓄積して、今では私の何パーセントかは「森成分」で構成されていると感じられます。この機会に、私の目から見える「ブレない森的世界」を著すことで解説としたいと思います。

①　曖昧《あいまい》さ回避

初めてお会いした時から一貫して、森さんのお話は端的でクリアです。「曖昧さ回避」機能がついているのかと思うほどです。大学で講義をしたり、学生を指導していたりという経験が関係あるのかもしれません。話すだけではなく聞く方も得意で、森基準では意味不明な私の発言を整理してくださることも多々あります。

森的世界では「誤解」をできるだけ排除して、コミュニケーション上のストレスを軽減しています。「誤解」から生まれる的外れな忖度《そんたく》なども生まれる余地がありません。

②　慣習に流されない

森的世界では、「これまでもこのやり方だったから今回も同じにします」という説明は存在しません。もちろん同じ方法が最適であるなら、同じで全く問題ありません。どのようにその結論に至ったのかが重要です。

十数年前、業界の商慣習について森さんが疑問を口にされたことがあります。かつて出版業界は、金銭的なことを明確にしないまま、執筆やデザインを依頼するケースもありました（今から考えると恐ろしいことです）。

「どうして出版社はギャランティの話を先にしないのですか？」

あるとき森さんに問われて、初めてその不思議さに気がつきました。

今もあるのかどうかわかりませんが、「お金のことを口にするのは品がない」という風潮（？）がありました。主に個人の執筆者や画家に、個々の編集者がお仕事を依頼するので、会社同士の「ビジネス」という面が見えづらく、そのような慣習が続いてきたのかもしれません。

あの時の森さんの疑問は、今や常識となりました。

③ 物事は合理的に、シンプルに

郵便物や校正紙（ゲラ）をお送りするとき、森さんに事前にメールでお知らせしますが、お手紙などをつけたことはありません。紙で森さん宛にお手紙を書いたことはないかもしれません。メールに挨拶《あいさつ》文を入れたこともありません。いきなり用件からはじめています。

森的世界では、情報がきちんと伝わっていれば、手紙を省略しても失礼には当たりません。

森さんもシンプルなメールをくださいます。私はそれに慣れてしまっているのですが、初めて受け取ると、行間を読もうとしても読める行間がないので、緊張を覚える人もいるようです。

④ルーティン最強！

持続力についても、森さんは常人ではありません。

二〇一七年七月から二〇一九年十二月まで、ウェブで森博嗣堂浮遊書店ブログ「店主の雑駁《ざっぱく》」を連載されました（現在は『森籠もりの日々』『森遊びの日々』など五冊の書籍になっています）。一日も休むことなく、毎回およそ三千文字と写真一枚を二年半。ルーティンとして、私にはかなり重めに感じられますが、森さんはまだまだ続けられそうでした。

以前、血圧を二年間一日も休まずに計った、と聞いたことがあります。森さんにとってはごく当たり前のことのようでしたが、「一日も休まず」というところが驚異なのです。自分がこれまで一日も休まないで二年間続けられたことが一つでもあるかどうか、自信がありません……。

工作も執筆も、日々着々と進んでいく様が見えるようです。

⑤ 何もないところから考える

担当者の役得なのですが、森さんが物事についてどう考えているか、お聞きする機会があります。

「電子書籍はどうなると思いますか?」とか「小説の楽しみ方は変わると思いますか?」とか、身近な出版のことから社会、環境問題に至るまで、こちらの漠然とした質問を受け止めてくださいます。

その際の森さんの発言が十年後くらいに現実になることが多いのです。驚愕して「どうしてわかるんですか?」とお聞きしたとき、森さんはフワッと微笑《ほほえ》んで「考えているからですね」と、短く答えました。

森さんの言う「考える」の本質は、データなどの参照材料がないことが前提のようなのです。資料があれば判断がつくのは当たり前で、それは「考える」ということとは別物という認識なのだと思います。

何もないところからどうやって考えていくのか。ハードル高すぎます! 私の「森成分」はまだまだ足りないようですが、とても大事なことに触れたと感じました。

十一年前、『喜嶋先生の静かな世界』を刊行したときの帯に

この小説を読むと
●考えてもわからなかったことが突然わかるようになります。
●他人と考えが違うことや他人の目が気にならなくなります。
●自分のペースや自分の時間を大切にできるようになります。
●落ち着いた静かな気持ちで毎日を送れるようになります。
●なにか夢中になれるものをみつけたくなります。
●年齢性別関係なくとにかく今すぐなにか学びたくなります。

と書きました（部分）。

実は森さんの著作全て（エッセイを含む）に同じ効能があるのです。「考える」ということについて人一倍深く考察されているからこその効き目なのでしょう。

本書で講談社文庫の森作品は七十九冊になります。「森成分」は全世界で静かに、着実に読者の心に蓄積し、森的世界を拡大しているに違いありません。

# 森博嗣著作リスト

（二〇二二年十一月現在、講談社刊。＊は講談社文庫に収録予定）

◎S＆Mシリーズ

すべてがFになる／冷たい密室と博士たち／笑わない数学者／詩的私的ジャック／封印再度／幻惑の死と使途／夏のレプリカ／今はもうない／数奇にして模型／有限と微小のパン

◎Vシリーズ

黒猫の三角／人形式モナリザ／月は幽咽のデバイス／夢・出逢い・魔性／魔剣天翔／恋恋蓮歩の演習／六人の超音波科学者／捩れ屋敷の利鈍／朽ちる散る落ちる／赤緑黒白

◎四季シリーズ

四季　春／四季　夏／四季　秋／四季　冬

◎Gシリーズ

φ《ファイ》は壊れたね／θ《シータ》は遊んでくれたよ／τ《タウ》になるまで待って／ε《イプシロン》に誓って／λ《ラムダ》に歯がない／

η《イータ》なのに夢のよう／目薬α《アルファ》で殺菌します／ジグβ《ベータ》は神ですか／キウイγ《ガンマ》は時計仕掛け／χ《カイ》の悲劇／ψ《プサイ》の悲劇

◎Xシリーズ

イナイ×イナイ／キラレ×キラレ／タカイ×タカイ／ムカシ×ムカシ／サイタ×サイタ／ダマシ×ダマシ

◎百年シリーズ

女王の百年密室／迷宮百年の睡魔／赤目姫の潮解

◎ヴォイド・シェイパシリーズ

ヴォイド・シェイパ／ブラッド・スクーパ／スカル・ブレーカ／フォグ・ハイダ／マインド・クァンチャ

◎Wシリーズ（講談社タイガ）

彼女は一人で歩くのか？／魔法の色を知っているか？／風は青海を渡るのか？／デボラ、

眠っているのか？／私たちは生きているのか？／青白く輝く月を見たか？／ペガサスの解は虚栄か？／血か、死か、無か？／天空の矢はどこへ？／人間のように泣いたのか？

◎WWシリーズ（講談社タイガ）

それでもデミアンは一人なのか？／神はいつ問われるのか？／キャサリンはどのように子供を産んだのか？／幽霊を創出したのは誰か？／君たちは絶滅危惧種なのか？

◎短編集

まどろみ消去／地球儀のスライス／今夜はパラシュート博物館へ／虚空の逆マトリクス／レタス・フライ／僕は秋子に借りがある　森博嗣自選短編集／どちらかが魔女　森博嗣シリーズ短編集

◎シリーズ外の小説

そして二人だけになった／探偵伯爵と僕／奥様はネットワーカ／カクレカラクリ／ゾラ・一撃・さようなら／銀河不動産の超越／喜嶋先生の静かな世界／トーマの心臓／実験的経験／馬鹿と嘘の弓（＊）／歌の終わりは海（＊）

### ◎クリームシリーズ（エッセイ）

つぶやきのクリーム／つぼやきのテリーヌ／つぼねのカトリーヌ／ツンドラモンスーン／つぼみ茸ムース／つぶさにミルフィーユ／月夜のサラサーテ／つんつんブラザーズ／ツベルクリンムーチョ／追懐のコヨーテ（二〇二一年十二月刊行予定）

### ◎その他

森博嗣のミステリィ工作室／１００人の森博嗣／アイソパラメトリック／悪戯王子と猫の物語（ささきすばる氏との共著）／悠悠おもちゃライフ／人間は考えるＦになる（土屋賢二氏との共著）／君の夢　僕の思考／議論の余地しかない／的を射る言葉／森博嗣の半熟セミナ　博士、質問があります！／ＤＯＧ＆ＤＯＬＬ／ＴＲＵＣＫ＆ＴＲＯＬＬ／森籠もりの日々／**森には森の風が吹く**（本書）／森遊びの日々／森語りの日々／森心地の日々／森メトリィの日々

☆詳しくは、ホームページ「森博嗣の浮遊工作室」を参照
(https://www.ne.jp/asahi/beat/non/mori/)
（２０２０年11月より、ＵＲＬが新しくなりました）

■本書は、二〇一八年十一月、小社より刊行されました。

|著者|森 博嗣 作家、工学博士。1957年12月生まれ。名古屋大学工学部助教授として勤務するかたわら、1996年に『すべてがＦになる』（講談社）で第１回メフィスト賞を受賞しデビュー。以後、続々と作品を発表し、人気を博している。小説に「スカイ・クロラ」シリーズ、「ヴォイド・シェイパ」シリーズ（ともに中央公論新社）、『相田家のグッドバイ』（幻冬舎）、『喜嶋先生の静かな世界』（講談社）など。小説のほかに、『自由をつくる 自在に生きる』（集英社新書）、『孤独の価値』（幻冬舎新書）などの多数の著作がある。2010年には、Amazon.co.jpの10周年記念で殿堂入り著者に選ばれた。ホームページは、「森博嗣の浮遊工作室」（https://www.ne.jp/asahi/beat/non/mori/）。

森《もり》には森《もり》の風《かぜ》が吹《ふ》く My wind blows in my forest

森《もり》 博嗣《ひろし》



講談社文庫

定価はカバーに
表示してあります

2021年11月16日第１刷発行

発行者――鈴木章一
発行所――株式会社 講談社
東京都文京区音羽2-12-21 〒112-8001
電話 出版 (03) 5395-3510
販売 (03) 5395-5817
業務 (03) 5395-3615

KODANSHA

デザイン―菊地信義
本文データ制作―講談社デジタル製作
印刷―――豊国印刷株式会社
製本―――株式会社国宝社

Printed in Japan



ISBN978-4-06-524965-9

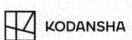

# 講談社文庫刊行の辞

二十一世紀の到来を目睫に望みながら、われわれはいま、人類史上かつて例を見ない巨大な転換期をむかえようとしている。

世界も、日本も、激動の予兆に対する期待とおののきを内に蔵して、未知の時代に歩み入ろうとしている。このときにあたり、創業の人野間清治の「ナショナル・エデュケイター」への志を現代に甦らせようと意図して、われわれはここに古今の文芸作品はいうまでもなく、ひろく人文・社会・自然の諸科学から東西の名著を網羅する、新しい綜合文庫の発刊を決意した。

激動の転換期はまた断絶の時代である。われわれは戦後二十五年間の出版文化のありかたへの深い反省をこめて、この断絶の時代にあえて人間的な持続を求めようとする。いたずらに浮薄な商業主義のあだ花を追い求めることなく、長期にわたって良書に生命をあたえようとつとめるところにしか、今後の出版文化の真の繁栄はあり得ないと信じるからである。

同時にわれわれはこの綜合文庫の刊行を通じて、人文・社会・自然の諸科学が、結局人間の学にほかならないことを立証しようと願っている。かつて知識とは、「汝自身を知る」ことにつきていた。現代社会の瑣末な情報の氾濫のなかから、力強い知識の源泉を掘り起し、技術文明のただなかに、生きた人間の姿を復活させること。それこそわれわれの切なる希求である。

われわれは権威に盲従せず、俗流に媚びることなく、渾然一体となって日本の「草の根」をかたちづくる若く新しい世代の人々に、心をこめてこの新しい綜合文庫をおくり届けたい。それは知識の泉であるとともに感受性のふるさとであり、もっとも有機的に組織され、社会に開かれた万人のための大学をめざしている。大方の支援と協力を衷心より切望してやまない。

一九七一年七月

野間省一

# 講談社文庫 最新刊

**塩田武士　歪んだ波紋**

その情報は〈真実〉か。現代のジャーナリズムを問う連作短編。吉川英治文学新人賞受賞作。

**麻見和史　天空の鏡**〈警視庁殺人分析班〉

左目を狙う連続猟奇殺人犯を捕まえろ！　大人気「警視庁殺人分析班」シリーズ最新刊！

**篠原悠希　霊獣紀**〈獲麟《かくりん》の書(上)〉

人界に降りた霊獣と奴隷出身の戦士の戦いと友情。中華ファンタジー開幕！〈書下ろし〉

**藤井邦夫　福の神**〈大江戸閻魔帳(六)〉

閻魔《えんま》堂《どう》で倒れていた老人を助けてから、麟太郎はツキまくっていたが!?〈文庫書下ろし〉

**内田康夫　イーハトーブの幽霊**

宮沢賢治ゆかりの地で連続する殺人。被害者が怯《おび》えた「幽霊」の正体に浅見光彦が迫る！

**矢野隆　桶狭間の戦い**〈戦百景〉

シリーズ第2弾は歴史を変えた「日本三大奇襲」の一つを深掘り。注目の書下ろし小説！

**佐々木裕一　妖《あや》し火**〈公家武者信平ことはじめ(六)〉

江戸に大火あり。だがその火元に妖しい噂があり——実在した公家武者を描く傑作時代小説！

創刊50周年新装版

**東野圭吾　時《トキ》生《オ》**〈新装版〉

トキオと名乗る少年は、誰だ——。過去・現在・未来が交差する、東野圭吾屈指の感動の物語。

**佐藤雅美　恵比寿屋喜兵衛手控え**〈新装版〉

訴訟の相談を受ける公事宿《くじやど》・恵比寿屋《えびすや》。主人《あるじ》の喜《き》兵衛《へえ》は厄介事に巻き込まれる。直木賞受賞作。

講談社文芸文庫

吉本隆明
## 追悼私記　完全版
肉親、恩師、旧友、論敵、時代を彩った著名人——多様な死者に手向けられた言葉の数々は掌篇の人間論である。死との際会がもたらした痛切な実感が滲む五十一篇。
解説=高橋源一郎
よB9
978-4-06-515363-5

吉本隆明
## 憂国の文学者たちに　60年安保・全共闘論集
解説=鹿島　茂　年譜=高橋忠義
よB10
978-4-06-526045-6
戦後日本が経済成長を続けた時期に大きなうねりとなった反体制闘争を背景とする政治論集。個人に従属を強いるすべての権力にたいする批判は今こそ輝きを増す。

# 講談社文庫　目録

東野圭吾　放課後
東野圭吾　卒業
東野圭吾　学生街の殺人
東野圭吾　魔球
東野圭吾　十字屋敷のピエロ
東野圭吾　眠りの森
東野圭吾　宿命
東野圭吾　変身
東野圭吾　仮面山荘殺人事件
東野圭吾　天使の耳
東野圭吾　ある閉ざされた雪の山荘で
東野圭吾　同級生
東野圭吾　名探偵の呪縛
東野圭吾　むかし僕が死んだ家
東野圭吾　虹を操る少年
東野圭吾　パラレルワールド・ラブストーリー
東野圭吾　天空の蜂
東野圭吾　どちらかが彼女を殺した
東野圭吾　名探偵の掟
東野圭吾　悪意
東野圭吾　私が彼を殺した
東野圭吾　嘘をもうひとつだけ
東野圭吾　時生
東野圭吾　赤い指
東野圭吾　流星の絆
東野圭吾　新装版 浪花少年探偵団
東野圭吾　新装版 しのぶセンセにサヨナラ
東野圭吾　新参者
東野圭吾　麒麟の翼
東野圭吾　パラドックス13
東野圭吾　祈りの幕が下りる時
東野圭吾　危険なビーナス
東野圭吾作家生活25周年祭り実行委員会　東野圭吾公式ガイド〈読者1万人が選んだ東野作品人気ランキング発表〉
東野圭吾作家生活35周年実行委員会 編　東野圭吾公式ガイド〈作家生活35周年ver.〉
平野啓一郎　高瀬川
平野啓一郎　ドーン
平野啓一郎　空白を満たしなさい(上)(下)
百田尚樹　永遠の0《ゼロ》
百田尚樹　輝く夜
百田尚樹　風の中のマリア
百田尚樹　影法師
百田尚樹　ボックス！(上)(下)
百田尚樹　海賊とよばれた男(上)(下)
平田オリザ　十六歳のオリザの冒険をしるす本
平田オリザ　幕が上がる
東直子　さようなら窓
蛭田亜紗子　凜
樋口卓治　ボクの妻と結婚してください。
樋口卓治　続・ボクの妻と結婚してください。
樋口卓治　もう一度、お父さんと呼んでくれ。
樋口卓治　「ファミリーラブストーリー」
樋口卓治　喋る男
平山夢明　魂《たま》豆《どう》腐《ふ》〈大江戸怪談どたんばたん(土壇場譚)〉
東川篤哉　純喫茶「一服堂」の四季
東山彰良　流《りゅう》
東山彰良　女の子のことばかり考えていたら、1年が経っていた。
樋口直哉　偏差値68の目玉焼き〈星ヶ丘高校料理部〉

# 講談社文庫　目録

宮本　輝　骸骨ビルの庭(上)(下)
宮本　輝　新装版 二十歳《はたち》の火影《ほかげ》(上)(下)
宮本　輝　新装版 命の器
宮本　輝　新装版 避暑地の猫
宮本　輝　新装版 ここに地終わり 海始まる(上)(下)
宮本　輝　新装版 花の降る午後(上)(下)
宮本　輝　新装版 オレンジの壺(上)(下)
宮本　輝　にぎやかな天地(上)(下)
宮本　輝　新装版 朝の歓び(上)(下)
宮城谷昌光　侠骨記
宮城谷昌光　夏姫春秋(上)(下)
宮城谷昌光　花の歳月
宮城谷昌光　重耳《ちょうじ》(全三冊)
宮城谷昌光　介《かい》子《し》推《すい》
宮城谷昌光　孟嘗君　全五冊
宮城谷昌光　春秋の名君
宮城谷昌光　子産(上)(下)
宮城谷昌光　湖底の城〈呉越春秋〉一
宮城谷昌光　湖底の城〈呉越春秋〉二
宮城谷昌光　湖底の城〈呉越春秋〉三
宮城谷昌光　湖底の城〈呉越春秋〉四
宮城谷昌光　湖底の城〈呉越春秋〉五
宮城谷昌光　湖底の城〈呉越春秋〉六
宮城谷昌光　湖底の城〈呉越春秋〉七
宮城谷昌光　湖底の城〈呉越春秋〉八
宮城谷昌光　湖底の城〈呉越春秋〉九
水木しげる　コミック昭和史1〈関東大震災～満州事変〉
水木しげる　コミック昭和史2〈満州事変～日中全面戦争〉
水木しげる　コミック昭和史3〈日中全面戦争～太平洋戦争開始〉
水木しげる　コミック昭和史4〈太平洋戦争前半〉
水木しげる　コミック昭和史5〈太平洋戦争後半〉
水木しげる　コミック昭和史6〈終戦から朝鮮戦争〉
水木しげる　コミック昭和史7〈講和から復興〉
水木しげる　コミック昭和史8〈高度成長以降〉
水木しげる　総員玉砕せよ！
水木しげる　敗走記
水木しげる　白い旗
水木しげる　姑《クー》娘《ニャン》
水木しげる　決定版 日本妖怪大全〈妖怪・あの世・神様〉
水木しげる　ほんまにオレはアホやろか
宮部みゆき　新装版 震える岩〈霊験お初捕物控〉
宮部みゆき　新装版 天狗風〈霊験お初捕物控〉
宮部みゆき　ICO《イコ》―霧の城―(上)(下)
宮部みゆき　ぼんくら(上)(下)
宮部みゆき　新装版 日暮らし(上)(下)
宮部みゆき　おまえさん(上)(下)
宮部みゆき　小暮写眞館(上)(下)
宮部みゆき　ステップファザー・ステップ〈新装版〉
宮子あずさ　看護婦が見つめた人間が死ぬということ
宮子あずさ　看護婦が見つめた人間が病むということ
宮子あずさ　ナースコール
宮本昌孝　家康、死す(上)(下)
三津田信三　忌《い》館《かん》〈ホラー作家の棲む家〉
三津田信三　作者不詳〈ミステリ作家の読む本〉(上)(下)
三津田信三　蛇《じゃ》棺《かん》葬《そう》
三津田信三　百《ひゃく》蛇《じゃ》堂《どう》〈怪談作家の語る話〉
三津田信三　厭魅《まじもの》の如き憑くもの

睦月影郎 密 通 妻
睦月影郎 快楽のリベンジ
睦月影郎 快楽ハラスメント
睦月影郎 快楽アクアリウム
向井万起男 渡る世間は「数字」だらけ
村田沙耶香 授 乳
村田沙耶香 マ ウ ス
村田沙耶香 星が吸う水
村田沙耶香 殺 人 出 産
村瀬秀信 気がつけばチェーン店ばかりでメシを食べている
村瀬秀信 それでも気がつけばチェーン店ばかりでメシを食べている
虫眼鏡 東海オンエアの動画が6.4倍楽しくなる本〈虫眼鏡の概要欄 クロニクル〉
室積光 ツボ押しの達人
室積光 ツボ押しの達人 下山編
森村誠一 悪 道
森村誠一 悪道 西国謀反
森村誠一 悪道 御三家の刺客
森村誠一 悪道 五右衛門の復讐
森村誠一 悪道 最後の密命

森村誠一 ねこの証明
毛利恒之 月 光 の 夏
森博嗣 すべてがFになる〈THE PERFECT INSIDER〉
森博嗣 冷たい密室と博士たち〈DOCTORS IN ISOLATED ROOM〉
森博嗣 笑わない数学者〈MATHEMATICAL GOODBYE〉
森博嗣 詩的私的ジャック〈JACK THE POETICAL PRIVATE〉
森博嗣 封 印 再 度〈WHO INSIDE〉
森博嗣 幻惑の死と使途〈ILLUSION ACTS LIKE MAGIC〉
森博嗣 夏のレプリカ〈REPLACEABLE SUMMER〉
森博嗣 今はもうない〈SWITCH BACK〉
森博嗣 数奇にして模型〈NUMERICAL MODELS〉
森博嗣 有限と微小のパン〈THE PERFECT OUTSIDER〉
森博嗣 黒 猫 の 三 角〈Delta in the Darkness〉
森博嗣 人形式モナリザ〈Shape of Things Human〉
森博嗣 月は幽咽のデバイス〈The Sound Walks When the Moon Talks〉
森博嗣 夢・出逢い・魔性〈You May Die in My Show〉
森博嗣 魔 剣 天 翔〈Cockpit on knife Edge〉
森博嗣 恋恋蓮歩の演習〈A Sea of Deceits〉
森博嗣 六人の超音波科学者〈Six Supersonic Scientists〉

森博嗣 捩れ屋敷の利鈍〈The Riddle in Torsional Nest〉
森博嗣 朽ちる散る落ちる〈Rot off and Drop away〉
森博嗣 赤 緑 黒 白〈Red Green Black and White〉
森博嗣 四季 春～冬
森博嗣 φ《ファイ》は壊れたね〈PATH CONNECTED φ BROKE〉
森博嗣 θ《シータ》は遊んでくれたよ〈ANOTHER PLAYMATE θ〉
森博嗣 τ《タウ》になるまで待って〈PLEASE STAY UNTIL τ〉
森博嗣 ε《イプシロン》に誓って〈SWEARING ON SOLEMN ε〉
森博嗣 λ《ラムダ》に歯がない〈λ HAS NO TEETH〉
森博嗣 η《イータ》なのに夢のよう〈DREAMILY IN SPITE OF η〉
森博嗣 目薬α《アルファ》で殺菌します〈DISINFECTANT α FOR THE EYES〉
森博嗣 ジグβ《ベータ》は神ですか〈JIG β KNOWS HEAVEN〉
森博嗣 キウイγ《ガンマ》は時計仕掛け〈KIWI γ IN CLOCKWORK〉
森博嗣 χ《カイ》の 悲 劇〈THE TRAGEDY OF χ〉
森博嗣 ψ《プサイ》の 悲 劇〈THE TRAGEDY OF ψ〉
森博嗣 イナイ×イナイ〈PEEKABOO〉
森博嗣 キラレ×キラレ〈CUTTHROAT〉
森博嗣 タカイ×タカイ〈CRUCIFIXION〉
森博嗣 ムカシ×ムカシ〈REMINISCENCE〉

2021年9月15日現在